デフ・ヴォイス

丸山正樹

埼玉県警の元事務職員だった荒井尚人は再就職先が決まらず、アルバイトで深夜帯の警備員をする日々を送っていた。実は子供の頃からろうの家族と聴者との間で通訳を担ってきた荒井は、やむをえずその特技を活かして資格を取り、手話通訳士の仕事を始めることにする。荒井にとって手話とは、苦い思い出がつきまとうものだったのだが。そんなある日、警察時代に起きた殺人事件の被害者の息子が殺害される。かつて荒井が手話通訳をした犯人のろう者が、再び被疑者として浮かび上がってくるが……。手話通訳士・荒井尚人の活躍を描く〈デフ・ヴォイス〉シリーズ第一弾を改訂版で贈る。

主な登場人物

荒井《あらい》尚人《なおと》……手話通訳士。元警察事務職員

安斉《あんざい》みゆき……荒井の恋人。埼玉県狭山署の交通課所属の警察官

安斉美和《みわ》……みゆきの娘

手塚《てづか》瑠美《るみ》……ＮＰＯ法人「フェロウシップ」代表

片貝《かたがい》俊明《としあき》……「フェロウシップ」の顧問弁護士。中途失聴者

新藤《しんどう》早苗《さなえ》……「フェロウシップ」のスタッフ

田淵《たぶち》宏伸《ひろのぶ》……東京都の手話通訳士派遣センターの職員

何森《いずもり》稔《みのる》……埼玉県狭山署の刑事課巡査部長

手塚総一郎《そういちろう》……瑠美の父親。手塚ホールディングス創業者

手塚美《み》ど里《り》……瑠美の母親。篤志《とくし》家

半谷《はんがい》雅人《まさと》……瑠美の婚約者。国会議員

小西《こにし》……半谷の秘書

冴島《さえじま》素子《もとこ》……ろう者。デフ・コミュニティに多大な影響力を持つ

益岡《ますおか》忠司《ただし》……ろう者。派遣通訳の依頼者

菅原《すがわら》吾朗《ごろう》……窃盗未遂で起訴されたろう者

門奈《もんな》哲郎《てつろう》……十七年前の殺人事件の犯人。ろう者

門奈清美《きよみ》……哲郎の妻。ろう者

門奈幸子《さちこ》……哲郎の娘。ろう者

能美《のうみ》隆明《たかあき》……ろう児施設「海馬《うみうま》の家」元理事長。十七年前に殺害される

能美和彦《かずひこ》……隆明の息子。「海馬の家」理事長

米原《よねはら》智之《ともゆき》……埼玉県警の刑事。みゆきの元夫

デフ・ヴォイス

丸　山　正　樹

創元推理文庫

DEAF VOICE 1

by

Masaki Maruyama

2011, 2024

目次

デフ・ヴォイス

その声は、突然背後から聴こえた。

振り返ると、雑踏の間を小学生ぐらいの男の子が母親らしき女性の方へ駆け寄っていくのが見えた。今の声は、急に駆け出した子供を呼び止めたものだったのだろう。戻ってきた子供に、母親が〈勝手に走っていかないの〉と言い聞かせている。

どこにでもある、何でもない光景――のはずだった。

だが母子の周囲には奇妙な空間ができ、行き交う人々の顔には一様に、見てはいけないもの、聞いてはいけないものを見聞きしてしまったような戸惑いが浮かんでいる。

自分の顔には、どんな表情が浮かんでいたのだろう。

通行人たちの戸惑いとは恐らく違う、様々な感情が一瞬のうちに湧いては消えていった。

その声を聴いたのは――彼らの会話を目の当たりにしたのは何年ぶりのことか――。

最後に襲ってきた感情を何と名付けていいか分からず、ただその場に立ち尽くしていた。

第一章　通訳士

小さな会議室ほどの部屋には、人一人が立てる程度のスペースが衝立《ついたて》でいくつか仕切られており、それぞれ前方にビデオカメラが備え付けられてあった。縦並びで入室してきた数人の男女が、競馬場のゲートのようなそのスペースへ無言のまま入っていく。全員が所定の位置に着いたのを見て、係員らしき男性が機器のスイッチを入れた。部屋に備え付けのスピーカーから声が流れ出す。

「ただ今より試験を始めます。出題は二問です。音声が流れ出しましたら通訳してください」

どうやらここは通訳の資格をとるための試験会場で、これから実技試験が始まるようだった。

「私は今、介護のケアマネジャーをしています。この仕事は、要介護者や要支援者、また、そのご家族などにお会いして状況や要望を聞き、相談に乗りながら『ケアプラン』という介護サービスの計画を作成することです……」

声が流れ出すと同時に、受験生たちは一言も発することなく、目の前のカメラに向かって一斉に「手」を動かし始めた。

そう、彼らの動作は「手話」であり、ここで行われているのは「手話通訳士」の資格を取るための技能試験なのだ。

荒井尚人《あらいなおと》もまた、受験者の一人としてその部屋の中にいた。四十三歳という彼の年齢が少しも目立った感じがしないほど、受験生の年恰好はバラバラだった。いかにも女子学生風といった姿もあれば、明らかに定年後と見える男性も混じっている。彼らの手の動きは一見同じように思えるが、細部で違うところがあり、中には困ったような顔で首を傾《かし》げたり、動きが止まったりしてしまう者もいる。その中にあって荒井は、一度も躊躇《ちゅうちょ》することなく、スピーカーから流れる音声を誰よりもなめらかな動きで手話通訳していた。

「……根気よく努力し、一つひとつの困難をクリアして、はつらつとお元気でいらっしゃいます。そんな佐々木さんを見ると、この仕事への励みを感じます」

スピーカーから流れる声が止まるのから少し遅れて、受験生たちの動きも止まった。続く二問目も同じように行われ、これで「聞き取り通訳」の試験は終わった。ほっとした表情を浮かべる者、納得のいかぬ顔付きの者とそれぞれだったが、休む間《ま》もなく次の試験である「読み取り通訳」の会場へと移動する。

今度は一人ずつ個室に入り、マイクの前で、目の前のモニターに映し出される手話表現を見ながら、「音声日本語」へ通訳をする。こちらも二問の出題があり、それらを終えたところで、実技試験はすべて終了した。

部屋を出たところで、肩を叩かれた。

振り返ると、先ほどの試験会場で見かけた受験生らしき年配の女性が笑顔で立っていた。

女性は荒井のことを指さし（＝あなた）、次に自分を指す（＝わたし）。そして肘を立てた右手を肩の上から後方へ動かし（＝以前に）、立てた両手の人差し指を前後から近づけた後、上に向けた両手の指をすぼめながら下ろした（＝会った）。

全体で、〈あなたとは会ったことがあるわね〉という手話表現だった。

女性はさらに手話を続けた。〈冴島《さえじま》先生〉〈のところで〉

親しみをこめた笑顔で答えを待っていた彼女に、荒井は「そうでしたか」とそっけなく答えた。

それでも相手は鼻白んだ様子もなく、

〈手話通訳士の試験は〉〈初めてかしら〉〈どうだった?〉

と続けてくる。

「どうですかね」荒井は曖昧《あいまい》に首を傾げた。「ちょっと戸惑いはしましたけど」

女性は、そうでしょう、というように肯《うなず》く。

〈初めての人には〉〈ちょっと難しい〉〈かもしれない〉〈みんな何回も挑戦するの〉〈それでも合格率は〉〈十数%〉〈そんな難関なの〉〈だから〉〈一度で諦めないで〉

最後に両肘を張り、両こぶしを上下に動かした（＝頑張って）。

その「言葉」の何が癇《かん》に障ったのかは分からない。無意識のうちに荒井の手は動いていた。

〈戸惑ったのは別に問題が難しかったからじゃありません。設問の中で手話の種類が混同されていましたよね。その一方であまりにも教科書的すぎて、こんな問題に答えられたからと言って実践の場で通用するとは思えなくて〉

目を丸くし彼の手の動きを見ていた女性は、「ごめんなさい」と初めて音声日本語を口にした。

「あなたの手話、速すぎてついていけないわ。あなた、もしかして――」

「ああ、あなたにはちょっと難しかったかもしれませんね」

荒井は彼女の言葉を遮《さえぎ》った。

「でも諦めないことです。頑張って」

両肘を張り、両こぶしを上下に動かすと、ぽかんと口を開けたままの彼女を残し、その場から立ち去った。

まだ日は高かったが、車内は思ったより混んでいた。吊革に摑まり、ニュースやCMなどを流す小さな液晶画面をぼんやりと眺める。今日のトピックスの後に、「国際チャリティ賞　日本のNPO代表・手塚瑠美《てづかるみ》さんへ」というニュースが流れた。「障害者支援などの長年の慈善活動が認められ」と解説が続く。

世の中にはこういう善意の人もいるのだ、と荒井は思う。さっきの女性も、きっと同じようなタイプに違いない。それなのに――。

自分がとった子供じみた態度に、今になって苦い思いが湧いてくる。

会場にいた受験者たちは、恐らくそのほとんどが福祉系の学校か地域サークルなどで手話に出会い、さらに向上させたいと手話通訳士を目指すに至った人々だろう。多少の事情の違いはあるにせよ、試験の監督官やセンターのスタッフたちも同様に違いない。

「聴覚障害者の社会参加の手助けをしたい」「彼らと健常者との架け橋になれたら」そんな純粋な動機により結びついた「仲間」。

しかし、荒井は違った。手話を自ら学びたいと思ったことなど一度たりとてないし、奉仕の精神も福祉への関心も、かけらも持ち合わせていない。彼が手話通訳士の試験を受けることになったのは、ただ実利的な理由によるものだった。

——荒井さんの場合、立派な経歴が逆にマイナスになっちゃってるんですかねえ。

ハローワークの職員が同情するような声を出したのは、本格的に再就職活動を始めた三ヶ月ほど前のことだった。

希望は、経理を含む事務職だった。さほど自慢できるキャリアではないが、高校を卒業してからおよそ二十年、事務職の公務員として働いてきたのだ。選《よ》り好みさえしなければ再就職先に困ることなどないと考えていた。

しかし、ハローワークに通い始めて、自分の考えの甘さを思い知ることになった。不況による雇用危機は、荒井の想像を遙かに超えていたのだ。以前の職場を辞めてしばらく定職に就いていなかったのも大きなマイナス要因になっていた。

警備員のアルバイトで食いつなぎながら正社員の道を探したが、かなり条件を下げていっても、再就職先は見つからなかった。

「何か、特別なスキルでもあればねえ……」

相談窓口の職員が、荒井の履歴と希望職種を眺めながら呟く。

「MOS《モス》とか、英検二級以上とか……そうじゃなくても、熟練の技術とか、他の人があまりできないことで特筆できるようなこと、何かないんですか？」

あまりに小馬鹿にした物言いに、つい、口にしてしまったのだ。

「手話ができます」

「手話……」職員は、ほう、というような表情を浮かべた。

「どのくらいできます？」

そう訊かれても答えようがない。

「……かなり」

「かなりって、だからどの程度の――」問答するのが面倒になったらしく、職員は「自信があるんだったら、『手話通訳士』という資格が取れる試験があるから受けてみたらどうですか」と言った。

国家資格ではないが厚生労働省により認定されたもので、と職員が続ける。

「もちろんその資格を取ったからってすぐに仕事に結びつくとは請け合えませんが、最近は役所関係でも需要があると聞いています。とにかく手話が『かなり』できるのだったら、資格を取らない手はありませんよ。頑張ってください」

職員は突き放したように言うと、「次の方ぁ」と荒井の視線を素通りした。


「手話通訳士」の存在は知っていたが、正規の資格があることは初めて聞いた。アパートに戻ってからネットで調べてみると、確かにハローワークの職員が言ったような試験があった。正確には「手話通訳技能認定試験」といい、年に一度しか行われないその試験はもう三ヶ月後に迫っており、申し込みの締め切りは数日後だった。

迷っている余地はなかった。とりあえず申し込みだけでも、と手続きをした。その後、試験について詳しく調べた上で今日、学科試験に続く実技試験の会場まで足を運んだのだった。

だが、会場に入った時から試験が終わるまで、荒井は終始居心地の悪さを感じていた。

やはりここは、自分などが来る場所ではなかった。

そんな思いが、件《くだん》の女性の善意に揶揄《やゆ》で応えるような態度に出てしまったのだった。

ターミナル駅に着き、電車のドアが開いた。

自らの行為に対する後味の悪さから逃れるように、足早に改札へと向かった。


人の気配で、眼が覚めた。

枕元に置いた目覚まし時計は午後二時を指している。バイトから帰ってきたのが午前九時前だから、五時間は睡眠をとれたことになる。しかし、少しでも時給を高くしようと始めた深夜警備の仕事は予想以上に疲労を蓄積させているらしく、いくら寝ても寝足りなかった。

それでもからだを起こし、キッチンに声を掛けた。

「みゆき？　来てたの？」

「ごめん、起こしちゃった？」

安斉《あんざい》みゆきの明るい声が返ってくる。

「いや、いいんだ。そろそろ起きる時間だったから」

重いからだをベッドからひきはがす。立ち上がったついでに部屋の中を見回した。

引っ越してきた時には小さなテレビに冷蔵庫しかない殺風景な部屋だったが、少しずつ家具が増え、カーテンも明るい色のものに変わっていた。いずれもみゆきが買い、あるいは選んだものだ。荒井は不満を言わない代わりに礼の一言も口にしたことはなかったが、彼女もそれで構わないようだった。

洗面所に行くと、開いた窓から、向かいにある幼稚園で遊ぶ子供たちのはしゃいだ声が流れてくる。鏡には、生気のない中年男の顔が映っていた。寝不足のせいか、目の下に隈《くま》ができていた。よく見ると襟足の白髪も増え、顔の皺《しわ》やシミも目立つ。四十三にもなれば仕方ない、と思いながら、いつもより念入りに顔をこすった。

洗面所から出てきた頃には、みゆきが栄養のバランスを考えてつくってくれた料理がテーブルに並んでいた。

「いただきます」

軽く手を合わせ、箸を取る。

「ちょっと味薄かったかな」

煮魚を口に運んだみゆきが首を傾げる。

「いや、ちょうどいいよ」

「そう？　良かった」

彼女の職場であった出来事、といったたわいない話に耳を傾けながら箸を進めた。

みゆきとの出会いは、以前の職場だった。荒井が七年ほど先輩にあたったが、深く付き合うようになったのはそれぞれの結婚に失敗した後のことで、今のような付き合いになってからはまだ二年も経っていなかった。

「あ、そういえば」

みゆきがふいに立ち上がり、キッチンの方から何かを取ってくると、こちらに差し出した。

「借りていた本の中に挟まってたの……大事なものでしょ」

渡されたのは、セピア色に変色した一葉の写真だった。

「……ああ」

覚えはなかったが、栞《しおり》代わりに挟んでおいたのだろう。一瞥《いちべつ》しただけでぞんざいに脇に伏せ置いた荒井に、みゆきが探るような視線を向けてきた。

「家族の写真でしょ、それ？」

無言で肯くと、

「尚さんの子供の頃の写真見たの、初めて。尚さん、お母さん似ね。真ん中にいるのがあなたでしょ？　隣がお兄さん？」

そこでクスッと笑った。

「みんな笑ってるのに、あなただけ仏頂面ね」

荒井が何も答えないでいるのを見て、みゆきが表情を曇らせた。

「家族の話するの嫌いだったのよね……ごめん」

仕方なく口を開く。「そういうわけじゃない。まだ寝起きでぼうっとしてるんだ」

「いいの、無理に話さなくても……別にそういう関係でもないものね」

みゆきは硬い表情で箸を取った。楽しいはずの食事の時間がたちまち気まずいものになる。

食事の片付けを終え、戻ってきたみゆきに、「さっきはごめん」と詫びた。

美和《みわ》という名の五歳の娘を育てながら働く彼女とゆっくり会えるのは、月に一、二度ほどこうして食事をつくりに来てくれる時だけだった。食事を終え、みゆきが出ていくまでの数時間が、二人きりで過ごせる唯一の時だ。その貴重な時間を気まずいまま過ごしたくなかった。

みゆきも「私が悪かったから」と首を振る。その横顔に口づけ、カーテンを閉めた。

部屋での逢瀬が始まった頃は「こんな明るいうちから」と抵抗していた彼女も、今はもう何も言わない。漏れ出る声をせめて部屋の外には聞こえないように抑えるのが精一杯の慎みのようだった。

抱き合っていくうち、みゆきのからだが熱を帯び、ピンク色に染まっていくのが分かる。荒井もまた、からだの奥の方から突き上げてくる高まりを感じていた。

「あなたのこと、知りたい……もっと知りたいの……」

みゆきがうわ言のように繰り返す。

この二年の付き合いで、互いの性格や嗜好は理解し合えたはずだった。肌を重ねるうちに、相手の欲するものは言わずとも分かるようになっている。どこを触れればどういう反応が返ってくるかさえも。

それでいて荒井は彼女に、家族のことはおろか、自分の生い立ちに関わることは一切話したことがなかった。さっきの写真は、そのいいきっかけだったのかもしれない。だが、すでにその機は逸してしまった。

ベッドの中でまどろむ時間は僅《わず》かだった。ふと目覚まし時計に目をやったみゆきが、「いけない、もうこんな時間」と跳ね起きる。

日曜祭日も預かりを行っている保育所に美和を預けてあるのだが、それでも五時には迎えに行かなければならないのだ。

「また来月来るから」

慌ただしく言い残して、みゆきは出て行った。

ドアが閉まってから、テーブルに伏せっ放しだった写真を手に取った。
七、八歳の頃に、家族で撮った写真だ。場所は都内の遊園地だろう。通行人にシャッターを押してもらったもので、珍しく家族四人が揃って写っている。

向かって右、開襟シャツを着て誇らしげに顎を上げているのが父、その隣で大きな帽子をかぶり、照れたようにほほ笑んでいるのが母。その母の手を摑み、はしゃいだ顔をカメラに向けているのが二つ違いの兄。

そして、その隣に荒井がいた。みゆきの言う通り、家族みなが笑顔の中、彼だけが笑っていなかった。

自分だけ一人、つまらなそうな顔でカメラを見つめているそのわけを、荒井は覚えている。

通行人にシャッターを押してくれるよう頼んだのは、荒井だった。なぜ一番幼い自分がそんなことをしなければならないのか。自分のそんな「役回り」が、嫌でたまらなかったのだった。

手話通訳技能認定試験の合格通知が届いたのは、年が明けて一月の末だった。

落ちることはないと思っていたが、いざ受かってしまうと当惑が先に立った。これからどうすべきか……それを決める前に、まずは冴島素子《もとこ》に報告しに行くことにした。

最寄りの駅からバスと私鉄を乗り継ぎ西へ向かって一時間余、市役所や病院などが集まる一画に、障害者リハビリテーションセンター、通称リハセンはあった。

医療機関や更生訓練所だけでなく研究開発部門や専門職員の養成・研修部門も併せ持つこの施設は、敷地面積も広大で、入口を間違えると構内をさまようことになる。実際、最初に訪れた時には、目当ての場所にたどり着くまで三十分以上も費やしてしまった。

以来、何度か訪れているからさすがにもう迷うことはない。西門から入ってすぐの学院棟に入り、エレベータで五階に上がる。

「手話通訳学科」の教官室のドアは、いつものように開けっ放しだった。ここでは、ノックはもちろん、入室前に「失礼します」などと断る必要もない。

入るとすぐ正面に、素子の姿が見えた。オレンジ色のセーターがよく似合っている。生き生きとした表情で学生らしき女性と話しこんでいるその姿は相変わらず若々しく、還暦近い年齢には見えなかった。

荒井は無言で、素子の視線に入るように移動した。こちらに気づいた彼女が、ちょっと待ってね、というように手を挙げる。手近にあった椅子に腰を下ろし、用事が終わるのを待った。

五分もせずに素子がこちらに歩み寄ってきた。

その顔に大きな笑みを浮かべ、結んだ両手を胸の辺りから上げながら、パッと開いた（＝おめでとう）。そしてさらに手話を続ける。

〈聞いたわ。合格したそうね〉

荒井は、指を揃えた右手を縦にし、左手の甲に乗せてから上にあげた（＝ありがとう）。そして同じく手話で続ける。〈おかげさまで〉

その表情を覗き込むようにしてから、素子が手と顔を動かした。

〈あら、あまり嬉しそうじゃないのね〉

慌てて、〈そんなことはありませんよ〉と答える。

〈分かってるわよ〉素子は何でもお見通し、というような笑みを浮かべた。〈本当は通訳なん

かになりたくなかったんでしょう?〉

彼女相手に建前を続けてもしょうがない。肩をすくめる仕草《しぐさ》で答えた。

〈大丈夫〉

素子はにこやかに続けた。

〈あなたは立派な通訳になれるわ。私が保証する〉

深く考えずに荒井は答えていた。

〈まあ、子供のころから嫌というほど通訳してきましたからね〉

素子の顔が曇ったのを見て、言わずもがなのことを言ってしまったことに気づいた。

だが素子はすぐに元の笑顔に戻ると、話題を変えた。

〈ところで、お母様の具合はどう?〉

荒井は首を振った。

〈しばらく会っていません。会ってもどうせ分かりませんから〉

〈そう〉

素子は労《いたわ》るような表情を浮かべ、手を動かした。

〈でも、たまには行ってあげなさい。たとえ分からなくても、誰かと話せれば嬉しいものよ〉

〈……そうですね〉

素子の眼には、自分はいつまで経っても小学生の男の子にしか映っていないのだろう、と内心苦笑する。彼女と頻繁《ひんぱん》に会っていたのがその時分のことだ。

素子は、両親の古くからの知り合いだった。幼い頃の荒井にとっては「親切な親戚のおばちゃん」というような存在で、家を訪ねて来ることもしばしばあった。狭く古い家の部屋が、素子がやって来ると途端にパッと明るくなるような感じがして、いつも何かしら持参してくれる土産とともにその訪問を心待ちにしていたものだった。

その後もしばらく交流は続いていたようだったが、荒井の方が長じて家族と行動を共にしなくなるに従い、彼女と会う機会はなくなっていった。

ところが、手話通訳士の試験を受けることを決め、関連資料を当たっていた時、「リハセン手話通訳学科講師」の中に「冴島素子」という名を見つけたのだった。

果たして覚えているだろうか、とリハビリセンター宛てにメールで連絡をとってみたところ、

【覚えているに決まってるじゃない。よく連絡をくれたわね】

と温かい言葉が返ってきた。それだけでなく、試験問題についての有用なアドバイスを与えてくれたのだった。実技はともかく、福祉全般に関する知識を要求される学科試験に関しては、素子の助言がなければ一度での通過は無理だっただろう。

だがこうして素子と話していると、どうしても「あの頃」の記憶が蘇ってしまう。

胸の奥からざらついた感情が湧きあがってくるのを感じ、引き上げ時であると悟った。

〈それでは今日はこれで失礼します〉

一礼し、背を向ける。

素子が、机をコンコン、と叩いて呼び止めた。

振り返ると、彼女の手が動いた。

親指以外の四指を合わせた右手を、前の方から胸の方へと斜め下に引き寄せながら指先をつけ合わせた。そして両手を折り曲げ、親指以外の四指先を胸に向け、交互に上下に動かし、にっこりと笑った。

〈帰ってきてくれて、嬉しいわ〉

そう言っていた。

一ヶ月以上が過ぎた。新年度を迎える前に、荒井は東京都の手話通訳士派遣センターに登録することを決めた。

ハローワークの職員が言っていたように、資格を得たからといって誰もがすぐに手話を活かした仕事に就けるわけではなかった。役所や教育機関などに常勤する者もいるが、ほとんどは他に本業を持ちながら、空《あ》いている時間を利用して地域の派遣通訳の依頼を受けたり、自治体や地域サークルが主催する手話講習会などに活動の場を得たりしている。だが経済的に余裕のない荒井には、それらの収入だけでは不足があった。

派遣センターへの登録を選んだのは、依頼される仕事の内容が幅広く、比較的数も多いのが一番の理由だった。依頼は日中の仕事が多かったから、警備員の仕事と掛け持ちすることも可能だった。

「失礼ですが、荒井さんは、実際にろう者の方とのコミュニケーションの経験はどの程度おありですか？」

登録にあたっての面接の際、田淵宏伸《たぶちひろのぶ》という二十代後半とおぼしき派遣センターの担当者はそう尋ねてきた。

「ぶしつけですみません、中には、聴者としか話した経験がない、という通訳士の方もいらっしゃるものですから」

田淵の懸念は理解できた。地域の手話サークルや手話講習会での講師役は、「聴こえる者」が務めることが多い。「英会話の講師を日本人が務める」のと同じだ。そのため手話通訳士の資格を取った者の中には、手話の技術は達者でも「聴こえない者」と接した経験のない者、あっても極端に少ない者もいるのだ。

「それについては、ご心配には及びません」

荒井は、自分がどこで手話を覚え、どのように使ってきたかを話した。

「そうでしたか」田淵の顔が明るくなった。「それは心強いです。意外に思われるかもしれませんが、実は、荒井さんのような通訳士はそれほど多くはないんです」

話しながら荒井は、この青年に好感を抱き始めていた。田淵が最初から、「聴覚障害者・健常者」という言葉を使わず、「ろう者・聴者」という表現をしているからだ。

もう何年も前から、公的な場や文書などでは、「聴こえない者」のことを呼ぶのに「聴覚障害者」という表現を使うようになっていた。以前は、「聾唖者《ろうあ》」という言葉が使われていた。

「聴こえる者」のことは、「健常者」もしくは「健聴者」と表現することが多い。

　これに対し、「聴こえない者」の側は、自らを称するのに「ろう者」という表現を好んで使う。かつての「聾唖者」から「唖」（＝話せないことの意）を除いたのは、自分たちは聴こえないが話せないわけではないという意思の表れだ。

　そしてその逆は、「健聴者」と言わずに「聴者」と言う。単に「聴こえる人」という表現だ。ろう者側は当たり前のように使うこの二つの言葉だが、一般的にはあまり浸透していない。ろう者という表現を差別語のようにとらえている者もまだ多かった。

派遣センターでも、恐らく文書や公の場などでは「聴覚障害者・健常者」という表現を用いているに違いない。しかしこの青年は、ろう者のメンタリティを理解した上で、きちんと自分で言葉を選んで使っている。そのことに荒井は好感を覚えたのだった。

　登録した翌週に、田淵から電話があった。

「早速ですが、来週の月曜の午前中は空いていますか」

　高齢のろう者が銀行へ手続きに行く際に通訳を務めてほしい、ということだった。益岡忠司《ますおかただし》という男性についての情報を頭に入れ、約束当日、待ち合わせの場所に向かった。

　現れたのは、聞いた通りの小柄な老人だった。向こうも分かったらしく、笑顔を浮かべ近づいてくる。

　ろう者と直接会話をするのは久しぶりのことだった。荒井は、自分が思いのほか緊張しているのを感じた。

近づいてきた益岡の顔をまっすぐ見て、自己紹介をする。

〈こんにちは。手話通訳士の荒井と言います〉

〈益岡です。お待たせして申し訳ない〉

〈今日はよろしくお願いします〉

話し出してすぐに、益岡の顔に怪訝《けげん》な表情が浮かんだ。

〈前にも通訳を頼んだことがあったかな?〉

〈いえ、お会いするのは今日が初めてです〉

「新米の手話通訳士」などと言えば不安がらせてしまう。田淵もそんな情報は伝えていないはずだった。

益岡は釈然としないような顔を向けながらも、歩き出した。

銀行での用件は、満期を迎えた定期預金の預け替えについての相談で、ものの十分で終わってしまった。報酬は時給計算ではなく作業単価だったので、こんなに短時間で済んでしまっていいのかと申し訳なく思ったほどだ。

だが、益岡は終始えびす顔で、

〈今日はいい人に来てもらえた〉

そう言って、左手の甲に乗せた右手を何度も上下させた。

田淵から今日のクライアントについて聞いた時、年齢や外見だけでなく、「聴こえの程度」

や特性についても教えてもらっていた。ろう者といっても、全く聴こえない人は実は珍しく、その程度は様々だ。聴こえなくなった時期や原因によってもコミュニケーションの仕方は異なる。

「益岡さんの平均聴力は、一〇〇dB（デシベル）といったところですね。中途失聴者ではなく、先天性のろう者です」

「七十いくつということは、『口話教育《こうわ》』は――」

「恐らく受けていないでしょうね。『読話《どくわ》』も『発語《はつご》』もほとんどできないということですから」

「口話教育」とは、正確には「聴覚口話法」といい、戦後から現在に至るまで、ろう教育の現場で主として使われている教育法だった。

実のところ、ろう学校などで「手話」が使われることは最近までほとんどなかった。補聴器を使用して唇の動きを読み取り（読話）、発声練習（発語）で音声日本語を学ぶ「聴覚口話法」が主流であり、手話はむしろ音声日本語獲得の障害になるとして避けられてきたのだ。

さらに戦前となれば、ろう学校自体がまだ少なかった。益岡ぐらいの世代では、家族や周囲のろう者たちから自然に学ぶ手話でコミュニケーションをはかってきた者が多かったはずだ。

荒井はそれらの情報を元に、手話を選択し、さらに年配の人たちがよく使う表現を心がけた。益岡は恐らくその辺りの配慮を喜んでくれたのだろう。

〈次の時も、あなたでお願いしたいな〉

最後に再び礼の言葉を言い去って行く老人を、見えなくなるまで見送った。

その小さな後ろ姿が見えなくなった時、胸の奥の方からある感情が湧いてくるのを感じた。小さく灯《とも》りかけたその温かな何かを、しかし荒井は自ら消し去った。

これは、初めての仕事を終えたことによるただの安堵感に過ぎない――。

踵《きびす》を返すと、駅に向かって歩き出した。


電車はすいていた。空いている席に座るついでに、前の乗客が残していった新聞を手に取った。暇つぶしにめくってみる。少しでも倹約しようと、数ヶ月前から新聞をとるのもやめていた。

ざっと目を通してみたが、記事の中に興味を引くようなものはなかった。閉じようとして、紙面の隅に掲載された小さな見出しに目がいった。

埼玉県内の公園で男性刺され死亡
4月3日午前6時45分ごろ、埼玉県狭山《さやま》市の「県立緑道公園」内で、男性が血を流して倒れているのをジョギング中の会社員（46）が見つけ、110番した。男性は腹部を刺され死亡しており、埼玉県警捜査1課は殺人事件として捜査本部を設置、男性の身元などを調べている。
調べによると、男性は30代、死因は腹部を鋭利な刃物で刺されたことによる出血性ショック死と見られる。現場の公園は西武新宿《せいぶしんじゅく》線新狭山駅から北へ約300メートルのところにある。

僅か数行のベタ記事であり、読んだはしから忘れてしまうような珍しくもない事件だった。それでも荒井が眼を止めたのは、遺体が見つかった「場所」のせいだった。

埼玉県狭山市の「緑道公園」。中に入ったことこそないが、その近くは何度も通ったことがある。前の職場の管轄内だった。

今頃、と荒井は想像する。狭山署は、県警捜査一課の捜査員たちを迎える準備にてんやわんやしていることだろう――。

ついそんなことを考えてしまったことに舌打ちをした。

自分はもう、退職した人間なのだ。あの職場とは何の関わりもない。こんなことに気をとられてどうする――。

思考をシャットアウトするように新聞を畳むと、隣の座席に投げ捨てた。

第二章　二つの手話

仕事を終え、切符を買おうと券売機の前に立った時、後ろから肩を叩かれた。

振り返ると、益岡がニヤリとした表情で立っていた。

〈よう、偶然だな〉

偶然も何も、今さっき終えた仕事とは益岡からの依頼――受診にあたっての手話通訳だったのだ。病院の前で別れてから五分と経っていない。

〈ちょっと飯でも食おうや。偶然会ったんだから問題ないだろ〉

そう言って、荒井の返事も待たず駅前の商店街に向かってスタスタと歩いて行く。

「ちょっと益岡さ――」

呼び止めようとして、やめた。声は聴こえないのだ。

「しょうがないな……」

仕方なく、その背中を追った。別れる前も食事に誘われたのだが、〈依頼者と食事をしたりプライベートな会話を交わしたりするのは禁止されてるんです〉と断ったのだ。益岡なりに一計を案じたのだろう。ここまでされたら断れない。

〈次の時も、あなたでお願いしたいな〉

いつかの益岡の言葉がただの社交辞令でなかったことは、すぐに証明されることになった。あれから数日も経たないうちに、益岡だけでなく他のろう者たちからも通訳の依頼が入るようになったのだ。

今までは地域の登録通訳者を派遣してもらっていたのであろうろう者たちが、急に派遣センターに依頼するようになってきたのだという。みな、口を揃えて〈いい通訳の人が入ったと聞いた〉と言っているらしい。手話通訳者の指名は基本的にはできないが、田淵がそれらの依頼を荒井に多めに回してくれているようだ。

「彼らの社会は狭いですからね。荒井さんの誠実な仕事ぶりが広まったんですよ」

数度目の依頼の電話で、田淵ははしゃぐような声を出した。

田淵の言うことは、恐らく半分は当たっている。ろう者の社会は、確かに広くはない。〈自分たちと同じ言葉を操れる手話通訳士がいる〉という話はまたたく間《ま》に伝わったのだろう。だが、それだけではないような気がした。あるいは、と荒井は思いを巡らせる。素子が口をきいてくれたのかもしれない。

しかし、それをあえて彼女に確かめる気はなかった。自分はただ淡々と、依頼された仕事をこなしていればいいのだ。そう考え、実際にそうした。実直な仕事ぶりがさらなる評価を生んだのか、以後も依頼は途切れることなく続いていた。

何度か益岡に付き合ううちに、彼がかなりのおしゃべりであることを知った。今日もファミリーレストランで注文した料理を待っている時、食べている間でさえも、ずっと手と顔を動かし続けている。

話の中身は、病院や役所の窓口などに手話を解する者がおらずいかに不自由か、という愚痴に類するものなのだが、その語り口はユーモラスで、荒井は何度か声に出して笑ってしまった。

〈ああ、久しぶりだよ、こんなに話したのは〉

食事を終え、ひとしきり話して満足したのか、益岡はようやく前のめりだったからだを椅子にもたれさせた。

〈あんたとは会話が楽でいいや。いつもお世話になっててこんなこと言うのは申し訳ないんだけど、今までの通訳士の人たちの言葉ねえ、あれ、分かりにくくて疲れるんだよ〉

彼の言うことはよく分かった。

一口に手話といっても、実はいくつか種類がある。

一般的に知られている手話——日本語に手の動きを一つ一つ当て嵌《は》めていく手法は、正確には「日本語対応手話」と呼ばれるものだ。聴者が手話サークルや手話講習会などで学ぶのはほとんどがこれで、手話通訳士の中にも「日本語対応手話」を使う者は少なくない。

これに対し、ろう者が昔から使っているものは、「日本手話」と呼ばれ、日本語の文法とは全く違った独自の言語体系を持っている。従って、生まれた時から使っているろう者でなければその習得はかなりの困難を極め、聴者はもちろん、中・軽度の難聴者や中途失聴者などでも使いこなせる者はまれだった。

逆にろう者が「日本語対応手話」を理解するにはいちいちそれを頭の中で「日本手話」に置き換えなければならず、「何とか理解はできるもののかなり疲れる」というのが本音のようだった。

両者の違いの一つに、「日本手話」ではNM（非手指表現）と呼ばれる「顔の表情や眉の上げ下げ、口の形や肯《うなず》いたり首を振ったりする頭の動き」などが重要な意味を持つ、ということが挙げられる。

これらの表現によって、ただの単語の羅列ではなく、疑問形や命令形、使役形などの文法的意味を持たせることができるのだ。さらにそれに、視線や間の取り方、動作の強弱・緩急などを使って、実に豊かな表現が可能になる。

先ほどからの益岡の「おしゃべり」がまさにそれで、語っている場面の情景や人の態度、表情さえも生き生きと再現する様は、もはや「語り芸」と呼びたくなるほどのものだった。

再び動き始めた老人の手や顔を感心しつつ眺めていると、隣のテーブルからあどけない声が聞こえた。

「パパ、あの人たちさっきから何やってるの？」

続いて、父親らしき男性が答える声。

「ああ、あの人たちはつ<ruby>ん</ruby>ぼなんだよ」

ハッと益岡を見たが、語り続けている老人の表情に変化はない。

「ちょっと、パパ」母親らしき女性がたしなめる声が聞こえる。

「大丈夫だよ、どうせ聴こえてないから」

「パパ、つんぼって何?」

「耳が聴こえないんだよ」

「やめなさいよ。ほら、たかくんもあんまり見ちゃダメ」

その間も、益岡は変わらず表情豊かに手を動かし続けている。

「でも面白いよな、手話って。ちょっと笑っちゃうっていうか」

「パパ」

「一体何て言ってんだろうな」

「やめなさいって」

「聴こえてないって」

荒井の脳裏に、ある光景が過《よぎ》った。

笑っている父。楽しげな母。はしゃいでいる兄。一人だけ俯《うつむ》き、テーブルの下でこぶしを握りしめている幼い自分――。

気づいた時には、立ち上がり、隣のテーブルに向かっていた。

家族連れの前に立った荒井は、猛烈な勢いで手と顔を動かした。家族連れは何事が起こっているのか分からず、ぽかんと口を開けてこちらを見ている。

言いたいことを言い終えると、背後のテーブルの益岡に向かって大きな声を出した。

「大丈夫ですよ、どうせ何を言ってるか分かってやしませんから」

呆気《あっけ》にとられている益岡に、〈帰りましょう。今日は私が奢《おご》りますよ〉と今度は手話で伝え、伝票を取った。

〈いやあ、驚いたよ〉

店を出ても、益岡はまだ目を丸くしていた。

〈一体何があったんだい。あんなひどい言葉を使うとは〉

彼が驚くのも当然だった。荒井が家族連れの前で披露した手話は、いわば放送禁止用語満載、知る限りの「汚い」表現を尽くしたものだったのだ。

〈すみません、ちょっと不愉快なことがあったもので〉

荒井が答えると、老人はおかしそうに笑った。

〈なかなかやるもんだ。あんた、大人しそうな顔して〉

そして、続けた。

〈まあだいたい何があったか想像はつくよ。あんなにカッカするなんて、あんたもやっぱりろう者だな〉

荒井は思わず益岡のことを見た。

〈分からないと思ってたのかい?〉彼は面白がるような顔で言った。〈最初に話した時から分かってたよ〉

益岡は、荒井を指し、次に自分を指し、そして、両手を組み合わせるとクルッと回した。

〈あんたは、俺たちの「仲間」だってね〉

その手話を目の前で見たのは、数十年ぶりのような気がした。

通訳士の依頼が増え、夜勤との掛け持ちがきつくなったので、警備員のバイトを辞めた。まれだが夜間や祝祭日の仕事の依頼もあり、それらも引き受ければ何とかバイト以上の収入は得られる見込みが立った。

そのことを彼以上に喜んだのが、みゆきだった。生活時間帯が同じになれば、会える時間も増える。もちろん彼女には、手話通訳士になったなどとは言っていない。効率の良い派遣の仕事が見つかった、ということにしてあった。

みゆきはそれを疑わず、「たまには美和を母に預けて、二人でゆっくり過ごすこともできるね」と嬉しそうに言った。

その日も娘は彼女の母親に預かってもらい、仕事を終えた後に二人で何ヶ月かぶりに映画を観に行った帰りだった。以前から注目していたアイルランド出身の女性監督の新作は予想した以上の出来栄えで、その余韻《よいん》に浸りながらどこで食事をしようかと思案していると、携帯電話が鳴った。ディスプレイに、センターの名が表示されている。

「悪い、仕事の電話だ」

みゆきに断って少し離れ、通話ボタンを押すと、「あ、荒井さんですか、良かった」と珍しく急《せ》いたような田淵の声が聞こえた。

「また仕事の依頼なんですが……」

「いつです?」

「ええと、それがですね、今までのものとはちょっと違ってまして……裁判の仕事なんですよ」

「裁判? 傍聴か何かですか?」

ろう者が裁判を傍聴しに行くのに通訳が必要なのかと思い、尋ねた。

「いえ、そうじゃなくて、公判の――法廷通訳の依頼なんです」

「法廷通訳?」

思わずオウム返しにしてしまった。

法廷通訳とは、警察や検察、裁判所など司法の場で使われる司法通訳の一つで、ろう者が被告人や裁判員になった際に、公判の場で裁判官・検察官・弁護人・被告人のやり取りを通訳するものだ。法律用語などの知識も必要となり、誰にでもできる仕事ではなかった。

「ええ。実は、お願いしていた人が怪我をしてしまいまして」

田淵が恐縮した声を出す。

「しばらく仕事ができなくなっちゃったんですよ。もちろん代わりの人を探したんですが……ちょっと日が差し迫っていることもあって見つからなくて……仕事の性格上、誰でもいいというわけにはいかないもので……」

その通りだ。なのに、なぜ自分に?

「私にも、法廷通訳の経験などありませんが」

みゆきに聞かれないよう声を潜めた。

「ええ、それはもちろん承知してますが、もしかしたら以前のお仕事で何かしら司法通訳のご経験がおありなんじゃないかと思いまして……」

思わず絶句した。

履歴書に書いてあるのだから、田淵が自分の前職について知っているのは当然だった。

「以前は、警察事務のお仕事をされてたんですよね？」

田淵が言う。

「警察での取り調べの際、専門の通訳者がいない時などには手話のできる職員が通訳することもあると聞いたことがあるんですが……荒井さんはそういう経験をされたことはありませんか？」

「……一度だけ」

ようやく声が出た。

「おっしゃる通り、取り調べ通訳の経験は、一度だけ、あります」

そう、あれは十六、七年ほども前のことだ。

——荒井、お前、手話ができるんだって？

呼ばれて上司の前に立つと、狭山署の会計課長は仏頂面で言った。

——知らなくて恥かいたぞ。刑事課長がな、人事で聞いてきたらしい。

——いえ、特にできる、というほどでは……。

なぜ急にそんな話が出たのか分からず戸惑っていると、課長は続けた。

――取り調べで手話通訳をしてほしいらしい。他にできる奴がいないんだと。

もちろん、自分の任ではない、と断った。だが、上司から「これも業務だ」と言われれば拒否することはできなかった。

そして取調室に入ってすぐに、引き受けたことを後悔する羽目になった――。

「やっぱり。ああ、良かった」

電話口から田淵の安堵の声が聞こえ、我に返る。

慌てて、

「いえ、といっても、もう十何年も前のことで。法廷通訳とは性質も違いますし――」

と言い訳をするが、

「全く経験がないよりは、もう。法律の知識もおありでしょうし。どうでしょう、無理を承知でお頼みするんですが、今回だけお願いできませんか。実はこれ、ほかをさんざん当たった上での電話なんです」

田淵にここまで懇願されては、無下《むげ》に断れなかった。

「では、とりあえず公判の資料を送っていただけますか？　あまりに自分の手に負えないような事案だと――」

「ええ、そりゃそうです。すぐに送ります。ありがとうございます、助かりました」

資料を読んでから決めるつもりだったのに、田淵はすっかり喜悦の声だった。

電話を切り、「すまん」と戻ってきた荒井の顔色を、みゆきが窺《うかが》う。

「どうしたの？　何か難しい仕事？」

「いや、何でもない」

みゆきもそれ以上訊かず、「何を食べようか」と機嫌良く歩き出した。彼女が話しかけるのに相槌《あいづち》は打っていたが、ほとんど上の空だった。

法廷通訳――。まさかそんな依頼が来るとは思ってもいなかった。たった一度の経験から、もうその手の通訳はするまいと決めていたのだ。

そう、あんな思いをするのは、二度とごめんだった。

苦い思いとともに蘇ってきたのは、射るような視線で自分を見つめる少女の眼だった。


公判の資料は、早くも翌日に速達で送られてきた。

日時や場所などが記された指示書の他に、起訴状も同封されていた。

菅原《すがわら》という六十三歳のろう者の男性が、窃盗未遂の罪で起訴された事案だった。

あらましはこうだ。

都内の一軒家に住む三十代の夫婦が外出から戻ってくると、中に見知らぬ男がいて、部屋を物色していた。驚いて大声を出したが、男は気づかぬようで逃げようともしない。慌てて一一〇番したところで男はようやく夫婦の存在に気づき、逃げ出した。家の中に菅原の指紋が残っていたなど証拠は揃っており、菅原は罪を全面的に認めているという。

事件そのものはさほど複雑なものとは思えなかった。思案した上で、依頼を引き受けることを決めた。

「ありがとうございます、そう言っていただけると思ってました」

電話口で愛想の良い声を出す田淵に、「ただし、一つだけ条件があります」とつけ加えた。

「何でしょう？」

恐る恐る訊いてくる田淵に、「裁判の前に、弁護人の先生が被告人に接見しますよね？　その時の通訳も私にさせてください」と言った。

「この男性がどんな手話を使うか、確認しておきたいんです」

「確認してご連絡します。早速手配しますので」

田淵は、接見の日時が決まったらすぐに連絡する、と電話を切った。


私鉄の小菅《こすげ》駅で降り、満開の桜が並ぶ荒川《あらかわ》沿いを歩く。

担当の国選弁護人とは、拘置所で待ち合わせていた。東京拘置所には警察勤めの時に何度か行ったことがあったから問題なかった。

「手話通訳を担当することになった荒井です。よろしくお願いします」

拘置所の受付で落ち合った及川《おいかわ》という弁護士は、

「ああ、通訳さん変わったんだったね。よろしく。じゃ行きましょう」

と慌ただし気に告げた。

窓口で手続きをし、手荷物検査場を通過して面会室に入る。

係員に伴われ現れた菅原吾朗《ごろう》は、実年齢よりもかなり老けてみえた。

「こんにちは。お変わりありませんか。先日の続きですが、あなたの弁護にあたっての方針について確認したいと思います。えーと……」

及川が早口で話を進めるのを、荒井は丁寧に手話通訳した。

だが、菅原の表情は全く変化しない。肯きもしなかった。

「それで、まず一回目の公判ですが、まず公訴事実について訊かれます。これについては――」

「すみません」

荒井は、及川の話を遮《さえぎ》った。

「何か？」

「被告人が何の反応もしないのですが、私の手話を理解できているか確認してもいいですか？」

「確認？　どういうこと？」

「被告人はろう者とは聞いていますが、人によって使う手話も違いますし、これまでの私の手話にも全く返事をしないので、どこまで伝わっているか確認したいんです」

「前の通訳の人はそんなこと言わなかったですけどね」及川は不満げに言ったが「まあ、どうぞ」と促した。

「すみません」

荒井は及川に頭を下げてから、アクリル板の向こうの菅原に向き直った。

改めて、荒井は菅原に向かって手と顔を動かした。

〈私の手話は、理解できますか〉

「何か訊くなら声も発してください」背後の係員から注意される。「こちらに分からないことをしゃべられるのは困るので」

荒井は係員に向かって「分かりました」と頭を下げ、もう一度菅原に向き直った。

文法構造の違う「日本手話」と「音声日本語」を同時に使うのは、実は非常に困難だった。正確を期すためと、相手のコミュニケーション能力を測るため、まず音声日本語で話し、次に日本手話で、と分けて行う方法に切り替えた。

「私の言うことが、分かりますか」

〈私の言うことが、分かりますか〉

これには全く反応しない。続いて、
菅原は少し首を傾《かし》げるようにしてから、小さく肯いた。反応はあったものの、これでは「分からない」のか「分かる」のか判断できない。

「手話は使えるんだよね」

及川が呟くように言うのを、通訳する。

「菅原さんは、手話は使えますか」

〈菅原さんは、手話は使えますか〉

この言葉は通じたらしく、相手は初めて手を動かした。

（少し）（使える）

かろうじて意味は分かった。だがそれは「日本手話」でも「日本語対応手話」でもない。高齢者の使う古い表現もかなり知っているつもりだったが、それにも属さないものだった。

「何だって？」

「少し使える、と言っているのだと思います」

及川に答えてから、尋ねた。

「使う手話の種類について尋ねてもいいですか？」

「どうぞ。ただ、時間があまりないんでね」

イラついたように言う及川に「はい」と答え、再び菅原に向き直る。

「日本手話か、日本語対応手話は使えませんか。もしくは口話は？」

〈日本手話か、日本語対応手話は使えませんか。もしくは口話は？〉

音声日本語を使う際には大きく口を開け、ゆっくり言ってみるが、菅原は曖昧《あいまい》に首を傾げ、申し訳なさそうに手を動かす。

（すみません）（よく分からない）

その返事を通訳しながら、なおもいくつかの質問を試みた。出身地や家族のこと、今日起きてから何をしたか、などの簡単な事柄についてだった。

その結果分かったのは、菅原が「口話法」はもちろん、「日本手話」も「日本語対応手話」も使えない、ということだった。

使えるのは、ジェスチャーに近いもの、ろう者の世界でいう「ホームサイン」というものだけだ。恐らく生まれてから今まで、ろう教育はもちろん体系立った手話の習得をせずに、家庭内や近隣の集落だけで通用する手話のみで過ごしてきたに違いない。

その後、及川が話す内容を荒井がいろいろ工夫しながら通訳し、接見は終了した。菅原は何度も頭を下げ、係員に連れられ出て行った。

面会室を後にしながら、この仕事を引き受けたことを後悔していた。この様子では、公判の場でどれほど正確に被告人の言葉を伝えられるか覚束《おぼつか》ない。ましてや、法律用語の混じる裁判官や検察官・弁護人の言葉を菅原がどれだけ理解できるのか、不安が募った。

いや、それ以前に、と大きな疑念が湧いてくる。

警察や検察の取り調べで、菅原は罪を認めたという。だが、本当に彼らはコミュニケーションがとれたのだろうか。

もちろん、そこには手話通訳がついていただろう。荒井よりもよほど優秀な通訳者だったのかもしれない。しかし、今のような簡単な会話でさえ四苦八苦するあり様なのに、犯罪事実についての聴取といった込み入った話に関し、本当に互いの言うことを理解しえたのか疑わしかった。

荒井は、面会の成果を偽《いつわ》らず田淵に告げた。どれだけ正確に通訳ができるか自信がない、自分は適任ではない、ということも強調した。しかし田淵の対応は、

「でもそれは、通訳技術の問題ではないですからねえ。他の通訳士に代わったって、荒井さん

以上にできるとは思えませんよ」

というものだった。そう言われてしまえば反論の余地はない。不安を抱えたまま、公判の日を迎えることとなった。


裁判は、荒井の法廷通訳人としての選任手続きから始まった。証言台に立ち、

「良心に従って、誠実に通訳することを誓います」

と宣誓をし、通訳席に戻る。

「被告人は前に」

裁判官の言葉を、菅原に向かって手話で伝えた。菅原は肯き、証言台の前へと進み出る。

冒頭の「人定質問《じんてい》」は、被告人が人違いでないことを確認するため、氏名、生年月日、職業、住居、本籍等を確認するだけなので、さして問題はなかった。

続いて、検察官による起訴状の朗読が行われた。朗読はかなり早口で進められたが、荒井は事前に何度も読み返した起訴状の内容を菅原にも理解できるよう工夫をして通訳をした。その間、菅原はぼんやりと荒井の手話を見ていた。

不安が的中したのは、続く「裁判官による黙秘権等の権利告知」の段になってからだった。

裁判官がゆっくりと告げる。

「これから、今朗読された事実についての審理を行いますが、審理に先立ち被告人に注意しておきます。被告人には黙秘権があります。従って、被告人は答えたくない質問に対しては答え

を拒むことができるし、また、初めから終わりまで黙っていることもできます。もちろん、質問に答えたいときには答えても構いませんが、被告人がこの法廷で述べたことは、被告人に有利・不利を問わず証拠として用いられることがありますので、それを念頭に置いて答えて下さい」

被疑者・被告人に最初に告げられる重要な権利である「黙秘権」――。荒井は、慎重にこの言葉を菅原に向かって伝えた。

まず菅原を指し（＝あなた）、開いた右手の手の平を持ちあげつつ握る（＝持つ）。そして、人差し指を口に当て（＝黙る）、次に左手でつくった力瘤《ちからこぶ》を右手の指でなぞるように指す（＝権利）。

全体で、〈あなたは『黙秘する権利』を持っている〉という手話表現だ。

しかし、菅原は、「分からない」というように首を傾げた。「黙る」が通じなかったかと考え、軽く握った右手の手の平を口の前に持ってくる（＝口を閉ざす）という表現に変えてみた。だが、それも通じない。続いて（口にチャックをする）という手話を使ってみるが、それでも菅原は申し訳なさそうに首を振るだけだった。

だが、そんなはずはない。警察や検察による取り調べの際にも同じやり取りはあったはずなのだ。「黙秘権」を告げずして取り調べに進むことはあり得ない。

もう一度初めから、先ほどよりゆっくりと同じ表現を繰り返した。しかし菅原の顔には困惑の表情が浮かぶだけだった。

仕方なく、荒井は裁判官の方を向いた。

「裁判官、被告人は『黙秘権』を理解できないようです」

裁判官は合点のゆかぬ表情を浮かべた。

「どこからが理解できないのでしょう。分からない言葉を確かめてください。ゆっくりでいいですから」

「分かりました」

再び菅原に向かって、手話で伝えた。

〈言葉を一つ一つ言います。意味が分かったら肯いてください〉

伝わったらしく、菅原は肯いた。荒井は続けた。

〈あなたは、持っている〉

菅原は肯く。

〈黙る〉

菅原は肯く。

〈権利〉

今度も肯く。

それまでの単語を文章としてつなげた。

〈あなたには、黙っている権利がある〉

すると、やはりここで菅原は首を傾げる。そして、申し訳なさそうに首を振った。

荒井は裁判官の方に向き直った。

「個別の言葉の意味は分かっても、『黙っている権利がある』という〝概念〟が分からないのだと思います」

ふむ、と裁判官は肯いた。しばし思案している様子だったが、顔を上げると、検察官と弁護人を前へ呼んだ。

三者による話し合いが始まった。こちらまで声は届かないが、恐らくこのまま公判を続けていけるか協議しているのだろう。

半ば予想した事態ではあった。菅原のようにホームサインのような手話しか使ってこなかった者が、「言いたくないことは言わなくていい」、しかし「言いたいことは言ってもいい」、だが「言ったことは不利な証拠になることもある」などと続けられては、何を言われているのか分からなくなっても当然だった。

だが――。と、再びその疑念が広がっていく。

それでは警察の取調官は、検事は、どうやって彼に「黙秘権」を伝えたのか。

いまだ彼らは、あの頃のまま、ずさんな取り調べをしているのか――。

やがて協議が終わったらしく、検察官、弁護人が元の席へと戻り、裁判官が前を向いた。

「『黙秘権』すら伝わらないのでは、裁判を進めていくことはできません。また、その概念が理解できないということは、被告人の訴訟能力にも疑問が持たれるということになります」

そうして公判の一時停止が宣言され、裁判は閉廷した。

荒井はほっと息をついた。重責《じゅうせき》からの解放感もあったが、それ以上に、菅原にとって最善の結果が得られたことへの安堵の方が大きかった。これ以上裁判を続けても、彼が裁判官や検察官の言うことをほとんど理解できないのは明らかだった。そもそも、起訴したことに無理があったのだ。

退廷しようと向きを変えた時、何げなく傍聴席に目がいった。

地味な事案であるゆえに傍聴人の姿もまばらだったが、その最前列から立ち上がった女性と、一瞬視線が交錯した。女性は目礼するように視線を下げ、そのまま退廷していった。

二十代半ばぐらいだろうか。頭の後ろでまとめた黒く長い髪を揺らし、すっと背筋を伸ばし歩いていく姿が印象に残った。

思いがけない訪問者があったのは、例年になく長い間咲き続けた桜がようやく散り始めた頃のことだった。

その日は午後から通訳の仕事が一件入っているだけだったため、十時過ぎまでベッドでぐずぐずしていたところへチャイムが鳴った。

セールスの類《たぐい》だろうと居留守を決め込んでいると、チャイムは二回、三回と鳴らされる。宅配便でも来たのかとしぶしぶベッドから降り、ジャージ姿でぼさぼさ髪のままドアを開けた。

「まだ寝てたのか。お気楽なことだな」

目の前に立つがっしりとしたからだつきの男が、こちらを一瞥《いちべつ》して嘲笑《あざわら》うように言った。荒井は、驚きのあまり声が出なかった。

「幽霊でも見たような顔をするな。ちょっと訊きたいことがある。ここで話してもいいが、良かったら中に入れてくれんか」

「あ、はい」

からだを引くと、男はするっと中に入り、ドアを閉めた。

「久しぶりだな」

男が言う通り、会うのは十年ぶりほどになるだろうか。

狭山署での勤務当時、刑事課強行犯係の捜査員だった何森稔《いずもりみのる》。

どんな時でも誰に対してもつまらなそうな顔でぶっきら棒な口をきくのは少しも変わっていなかった。

「……どうしたんですか、何森さん」

「言ったろう。ちょっと訊きたいことがあって来たんだよ」

玄関口からそれ以上足を踏み入れようとはせず、何森は珍しそうに部屋の中を見まわしている。

「今、どちらに？」

もしかして警察庁に出向にでもなったのかと思い、尋ねてみる。

「出戻りだ。狭山署」

自分と入れ違いに古巣に戻ったのか。もう五十歳にはなるのではないか。その年でまだ所轄間を異動しているのが不思議だった。いずれにしても西東京のこの地は管轄外だ。

「――で、わざわざこちらまで？」

「ああ。お前、もんなって男、覚えているか」

「もんな？」

口にした瞬間、ハッとした。

「カドに奈良の奈。門奈《もんな》哲郎《てつろう》。十七年前、狭山署時代だ。お前が取り調べの通訳をしたんじゃなかったか。耳の聴こえない男だよ」

何森の説明を聞くまでもなく、思い出していた。同時に、なぜ今その男の名が、と刑事のふいの訪問以上の驚きを覚える。

つい先日、菅原の通訳を引き受けるにあたって十七年ぶりに思い出したあの事件。

過去に唯一、手話通訳をした際の苦い思い出。

自分を射るように見ていた少女の眼――。

「覚えてるようだな」

荒井の様子を見て、何森が断定口調で言う。

「門奈がどうしたんです」

訊いたが、刑事は答えず、荒井の顔をじっと見つめた。狭山署当時、その視線で射すくめられると、どんな強面《こわもて》の被疑者《マルヒ》でも口を割ると言われた眼で。

荒井はその顔を見返し、尋ね直した。

「それで、私に何の用です」

何森も視線を動かさぬまま、

「狭山で男の遺体が見つかった事件を知らないか」と言った。

「――ああ」

一拍遅れて思い出した。

今月の初め頃だったか、電車の中で読んだ新聞記事。県警が捜査本部を設けたという殺人事件。

「知ってます。あれが？」

門奈哲郎とどうつながるのだ？

「続報は読んでないようだな」

「新聞をとってないもので」

「被害者《マルガイ》の身元が判明してな。能美《のうみ》和彦《かずひこ》、三十四歳。ろう児施設『海馬《うみうま》の家』理事長――そう聞けば分かるだろ？」

一瞬、頭が混乱する。

「海馬の家」の理事長だった能美は死んだはずだ。十七年前、自分はその男が殺害された事件の取り調べ通訳をしたのだ。

その能美が再び殺された――？

いや、と思い出した。能美には確か、当時十代後半の息子がいたはずだ。今度のガイシャは三十四歳と言った。だとしたら計算は合う。すると、能美の息子が――。

「そういうことだ」

と何森は肯いた。

「十七年経って、オヤジに続いて息子も殺されたってわけだ。これで分かったか？　お前を訪ねてきたわけが」

何森の口から門奈の名が出たわけは分かった。門奈哲郎は、その十七年前の事件の加害者だ。傷害致死の罪で実刑を受け、服役した。

「息子の事件にも門奈が関係している、と？」

「参考人として話を聞こうとするのは別に不思議ではないだろう」

「では門奈に会いに行けばいい。なぜ私のところへ？」

「行方が分からないんだよ。お前、奴の居場所を知らないか」

知っているわけがない。

「知りませんよ。もう出所してるんですか？」

「とっくに出所している。知らなかったか。刑は五年だ」

「五年？」裁判の結果までは知らなかったが、傷害致死でその刑期は短すぎる。

「あの頃はまだ、『四十条』があったんだよ。適用されたんだ」

「ああ」何森の言葉を聞いて、腑《ふ》に落ちた。

『いん唖者の不処罰又は刑の減軽』を定めた刑法四十条――。

「いん唖者」とは、「ろう者」のことだ。ろう教育の発達していない時代には、ろう者は精神的にも未発達ととらえられていた。そのため、その行為は罰しない、あるいは刑を減軽することにしていたのだ。

だが今では、ろう者も十分な意思疎通能力を有しているとされ、彼らだけを特別に扱うことが疑問視されるようになった。当のろう者の側からも、責任能力を問われないのは逆差別に当たる、という意見が相次ぎ、一九九五年の刑法改正で削除された。十七年前は、まだその条項が生きていたのだ。

何森は、睨むようにこちらを見つめていた。荒井が本当に何も知らないのか、それとも知っていてとぼけているのか見極めているのだろう。

眼を逸《そ》らしてなるものか。荒井も、意地のようにその視線を受け止めた。

「――どうやら本当に知らないようだな」

先に視線をはずしたのは何森の方だった。

「刑期だって知りませんでしたよ。なぜ、私が知ってるなんて思うんです。十七年前、一度会っただけの男なのに」

「お前もあいつらのお仲間だろう」

吐き捨てた何森の顔に、初めて感情らしきものが浮かんだ。

ああ、そうだった、と遅まきながら気づく。

「また来る」

そう言い残して、何森は去って行った。
この男も自分を憎んでいるのだ、と荒井は悟った。
自分は、すべての警察官から憎まれているのだ――。

第三章　少女の眼

日曜日、荒井は都内の遊園地にいた。

久しぶりの春らしい陽気とあって、朝から家族連れで大変な賑わいだ。メリーゴーラウンドの手すりにもたれた荒井の前に、木馬に乗ったみゆきと娘の美和の姿が現れる。

手を振るみゆきに応えると、彼女は前に座る娘に何か囁《ささや》いた。「あなたも手を振りなさい」とでも言っているのだろうが、美和は照れたように首を振り通り過ぎた。

美和と会うのは、これで四度目だった。人見知りをする子で、会ってから慣れるまでにいつもかなりの時間を要する。

「女友達だとそうでもないのよ。大人の男の人が怖いのかな」

いつかみゆきが深刻な顔で呟いたことがある。

前夫と別れたのは美和が物心つく前ではあったが、手ひどいDVを目の当たりにしたことがトラウマになっているのではないかと心配しているのだ。そんなみゆきの不安を少しでも和らげたくて、荒井にしては精一杯美和に優しく接しているつもりだった。

その日も、一緒に乗れる乗り物には付き合い、反応が芳《かんば》しくなくても積極的に話しかけた。

その甲斐あってか、併設されたゲーム場でもぐら叩きの競争などをしているうちに美和も打ち解けてきて、彼女一番のお気に入りのテントウムシをかたどった乗り物に二人で乗った頃には屈託のない声をあげるようになった。

疲れを知らず半日遊び回っていた美和だったが、園内のレストランで早目の夕食をとると急に眠くなったようで、母親の膝に頭を乗せた途端に寝息を立て始める。

「さすがに疲れたようだな」

苦笑交じりにその様子を眺めていると、

「あなたも疲れたでしょう。ごめんなさい、付き合ってもらっちゃって」とみゆきが頭を下げた。

「楽しんでもらえたら良かったさ」

みゆきは娘の頭を撫でながら、「この子、あなたのこと大好きなのよ」と言う。

「それにしては最初は目も合わせてくれないけどな」苦笑で応える。

「照れてるのよ。今日会えるのも楽しみにしてたのよ。月末にある運動会のことだって、家じゃ、荒井のおじちゃん来てくれないかなーって。今日も『自分で言う』って言ってたんだけど……」

「忘れちゃったんだろ、そんなこと」

まぜっかえすと、彼女はちらりとこちらを見て、

「冷たいのね」

と呟くように言った。

話題を変えたかったのもあった。場所柄、相応《ふさわ》しくないとは思ったが、それを尋ねるいい機会かと思い、「そういえばさ」と口にした。

「今月の初め頃、狭山署の管轄で起きた殺人事件のことは知ってる？」

みゆきは、何の話？　という風に眉根を寄せた。

「ろう児施設の理事長が、公園で死体で発見されたっていう事件さ」

「ああ、あれ……知ってることは知ってるけど」

「捜査状況について何か知らない？」

「知らないわよ。私は交通課だもの」

そっけなく答えてから、「その事件がどうかしたの？」と訊いてくる。

「うん……」

何森が来たことを言うべきか、迷った。言えば、なぜあなたのところへ、という質問がなされるだろう。そうなれば話したくないことまで話さなければならなくなる。

「いやちょっと。たまたま新聞で見たから。昔の職場のことだからちょっと気になってね」

みゆきが不審げにこちらを見た。荒井が昔の職場を懐かしむとは思えないのだろう。

「ついでの時でもいいから、何か分かったら教えてくれないかな」

みゆきは、承知とも不承知とも答えない。

「――運動会、来てくれる？」

ふいにそう言った。

意表を突かれてみゆきの顔を見たが、その表情は真剣だった。

荒井は肯《うなず》くしかなかった。

「分かった。行くよ」

ちょうどその時、美和が目を開けた。

「美和、良かったね～。おじちゃん運動会来てくれるって。美和が走ってるところ、応援してくれるってさ～」

じゃれつく母親にはしゃぎ声をあげながら、娘は窺《うかが》うようにこちらを何度も見た。


田淵から新規の依頼の電話があったのは、その翌日のことだった。

「長いお付き合いのあるNPOからなんですけど。今までのような単発の仕事じゃなくてですね、いわば専属的に通訳をしてくれないか、という話なんですが……」

「はい」相槌《あいづち》を打って先を促す。

「そのNPO、『フェロウシップ』というんですけどね、障害者などの社会的弱者を支援する活動をしている団体なんです。そこの代表が、この間荒井さんに法廷通訳をしてもらった裁判を傍聴されていたらしくて、それで是非に、っていう話なんですよ」

「そうですか」

答えながら、不思議に思う。

あの時の自分はほとんど通訳らしい通訳をしていない。というより、通訳ができなかったからこそ公判停止になったのだ。あの様子を見ていて自分を指名するというのが解《げ》せなかった。

「具体的な仕事の中身についてはですね、電話では説明しにくいので、一度こちらでそのNPOのスタッフと会って話を聞いてもらえませんか」

了解して電話を切った。

指定された日時に、センターを訪れた。田淵とともに打ち合わせの席に現れたのは、大柄な三十代の女性と、スーツ姿で痩せぎすの中年男性だった。

女性はNPOの名刺を差し出し、

「新藤早苗《しんどうさなえ》と言います。すみません、代表も来るはずだったのですが少し遅れてまして」

と恐縮した声を出した。

続いて男性が前に出て手を動かした。

《私は》《片貝俊明《かたがいとしあき》です》《「フェロウシップ」の》《顧問弁護士です》

彼が使ったのは、「日本語対応手話」だった。

「片貝さんは、ろう者で日本で三番目に弁護士資格を取った方なんですよ」

新藤が、自慢するように胸を張る。

「いちばんだったら、かっこうよかったんですけどね」

片貝は、今度は音声日本語で言った。もちろん聴者のように明瞭な発音ではないが、聞き取りやすい言葉だった。

《荒井尚人です》《よろしくお願いします》

彼も片貝に合わせ「日本語対応手話」で挨拶をした。

「片貝さんは口話ができます。音声日本語で話してもらって構いません。ね、片貝さん、いいですよね」

田淵の言葉に、

「たぶちさん、なかまはずれにされるのが、いやなんだろう」

片貝が笑って答える。

生まれながらの失聴者だったら、いくら口話教育を受けてもここまでの会話はできない。恐らく中途失聴者だろう、と推測した。

「それで、仕事というのはどんな内容のものでしょうか」

荒井は、言われた通り音声日本語で話した。

「はい」

片貝は肯き、ゆっくりと話し始める。

「このあいだ、あらいさんが、つうやくをしたさいばんのひこく、すがわらさんは、まだこうりゅうされています」

「そうなんですか」

意外だった。公判停止になったからといって、すぐに釈放されるわけではないのか。

「はい。『こんご、げんごのうりょくがそなわるかのうせいもあり、そのすいいをかんさつしていくことがひつよう』、というのがそのりゆうです」

そこまで言って、片貝は隣の新藤の方を見やった。

「実は」と新藤が話を引き継ぐ。「今までも同様のケースで、公判手続きが停止されたまま何年も経過する、ということがままあったんです。『森本《もりもと》事件』のことはご存じないですか?」

「いえ」

荒井が首を振ると、新藤は続けた。

「今から三十年ほど前に、森本さんという当時四十五歳のろう者の男性が、勤め先の鉄工所からたった六百円を盗んだ罪で逮捕され、裁判にかけられた事件です。一審は公訴棄却したんですが、検察が控訴して……その後も差し戻し審や特別抗告などを繰り返して、そのたびに森本さんに理解能力があるのかが問われましたが、いつも宙ぶらりんな結論でした。森本さんはその間ずっと被告人のまま、事件から数えて十九年後に病気で入院し、それを受けてようやく検察が公訴を取り下げました」

淡々と説明を続けていた新藤の声が、ふいに悲しみを帯びた。

「――森本さんは、その三ヶ月後に亡くなりました」

見ると、目にうっすら涙を浮かべている。

片貝が彼女の手の甲をぽんぽんと叩き、後を引き取った。

「わたしたちは、すがわらさんを、だいにのもりもとさんにしたくないのです」

荒井は肯いた。

彼らの気持ちは分かる。確かにこのままでは菅原も同じ道をたどらないとは言えない。

「幸い、私たちの代表に政治家の知り合いがいて」

新藤は、さっきの振る舞いを恥じるようにことさら明るい声を出した。

「嘆願書《たんがんしょ》だけでなく、そちらからも働きかけてもらったりして、先日、ようやく公訴棄却の決定が下りたんです」

「そうですか――それは何よりじゃないですか」

荒井の言葉にこめられた皮肉に気づいたのか、新藤が眉をひそめた。

「何かいけませんか?」

「いえ……」

いけないとまで言うつもりはないが、政治家を動かした、というのが気に入らなかった。
・彼が勤めていた警察に限らず、どの役所にも「政治案件」というものが存在する。政治家の口利き、というやつだ。すべてが理不尽なものというわけではないが、市井の人々からの切実な相談事項が山ほど溜まっているのに、そっちを優先して処理しろ、という上司の指示に納得いかぬ思いを抱いたことは一度や二度ではなかった。
「あ、来ました」

新藤が荒井の背後を見て、打って変わって明るい声を出した。

「代表です」

振り返ると、トレーナーにジーンズ、という姿で小走りにやってくる若い女性の姿が見えた。NPOの代表、という言葉から抱く印象とはだいぶ違う。

「遅れて申し訳ありません」

息せき切って荒井たちの前に立ったその女性の顔を見て、ハッとした。

菅原の裁判の時、傍聴席で目が合ったあの女性だったのだ。

「NPOフェロウシップの代表で、手塚瑠美と申します」

名刺を受け取りながら、驚くほどのことではない、と内心で苦笑した。そもそもこの女性は、菅原の支援者としてあの場にいたのだ。

「話は、どこまで？」

瑠美が新藤に訊く。

「菅原さんの公訴棄却が決まったところまで。荒井さんへの依頼の詳細はまだ」

「そう」

肯いて、瑠美は荒井の方へ向き直った。鼻の頭ににじんだ汗を拭おうともせず、真剣な表情で話し始める。

「お聞きいただいたように、菅原さんの釈放は決まりました。でも、それで終わりではない、と私たちは考えています。事件のことを知るのが遅くて裁判の弁護には間に合いませんでしたが、これからはしっかり支えていきたいと思っています。森本事件のことはお聞きに？」

「お話ししました」新藤が答える。

瑠美は肯き、続ける。

「森本さんの場合も、保釈中などに支援する団体はあったんです。でも、その団体は金銭などの管理をするだけで、結局森本さんは社会と何の接点もつくれないまま孤立していきました。それではいけない、というのが私たちの考えです。就労も含め、菅原さんと社会とのつながりをつくっていくこと、その支援をしていくつもりです。その様々な場面で、通訳の必要が出てきます。それを、荒井さんにお願いしたいんです。いわば菅原さんの専属通訳として」

「……なるほど」

事情は分かった。彼らの活動も立派だとは思う。しかし、仕事となれば話は別だ。

「センターとして特定の通訳士をどこかの専属に、という契約はできないんです」

荒井の懸念を察したのだろう。田淵が横から言った。

「原則として、指名もできませんし。ですので、受けるのであれば荒井さんが個人で『フェロウシップ』さんと直接契約を交わす、という形になります。私は単なる仲介役です」

「手話通訳は確かに技術も大事ですが、相手のことをどれだけ理解しているかが重要であると私は思っています」

瑠美が言った。口調に強い信念が感じられる。

「外国語の通訳のように、うまければ誰でもいい、というわけにはいきません。現に、私たちも何度か接見に行きましたが――実は」。

隣に座る新藤の腕に軽く手をやり、「新藤も手話通訳士の資格を持っていますし」弁護士の方に顔を向ける。「片貝さんはもちろん手話ができます」

新藤が苦い顔で、「全然通じませんでした」

「わたしも、まったくだめ」片貝はおどけるように言った。

「私だって同じですよ」

荒井は言った。

「裁判を見てもらったのならお分かりでしょうが、菅原さんとはほとんど会話になりませんでした。だから公判停止になったわけで」

「それは違います」

瑠美が、荒井の顔を正面から見つめた。

「『菅原さんが黙秘権を理解できない』ということを、荒井さんはちゃんと伝えてくれました。それは、つまり、菅原さんとコミュニケーションがとれていた、ということです。森本さんの時は、それを裁判官に理解してもらうまでに二十年もかかったんです。菅原さんの通訳は、荒井さんの他には考えられないんです」

こちらの眼をまっすぐ見つめながら話す様子からは、ボランティアの支援者、という立場を超えた真摯《しんし》さが感じられた。「政治家を動かした」と聞いた時に抱いた悪印象を払拭《ふっしょく》するには十分だった。

いやそれどころか、荒井は瑠美と話していて奇妙な安堵感を覚えていた。どこか懐かしいような心地よさ……この感覚は一体どこから来るのか。

そんな思いを巡らせているのを逡巡《しゅんじゅん》ととったのだろう。瑠美が、「私どももすぐにお返事いただけるとは思っていません」とほほ笑んだ。

「よくお考えになってから、お返事ください。菅原さんの釈放は再来週なので、あまり時間はありませんが」

「私どもの活動を記したものを置いていきます。良かったら読んでください」

新藤がパンフレットを差し出したのを機に、みな立ち上がった。

「お忙しいところ、ありがとうございました。お呼びたてしておいて遅れてしまい、失礼いたしました」

丁寧に一礼し、一行は去って行った。

渡されたパンフレットをしまっていると、田淵が、

「ご存じなかったですか？　手塚さんのこと」

と何となく不満そうな声を出した。

「彼女、昨年の国際チャリティ賞を受賞したんですよ。長年の慈善活動に対して。テレビのワイドショウなんかでも取り上げられてたんですけど」

言われて、どこかでそんなニュースを見たことを思い出した。

そうだ、通訳士の試験の帰り、電車の中の液晶画面に、確かそのようなニュースが流れていた。

「それ以前からも、週刊誌とかで何度か取り上げられてるんですよ」

田淵はまだその話を続けていた。

「手塚ホールディングスって聞いたことありませんか？　彼女、そのグループの創業者・手塚総一郎《そういちろう》の娘さんなんですよ。手塚氏は早くに引退して経営からは手を引いていますけど、ご令嬢には違いありません。さらに、婚約者は新進政治家。おまけにあの美貌、と話題には事欠きませんから」

手塚ホールディングス。その名は知っていた。全国で流通業や金融業を展開する一大コンツェルンだ。財界はもちろん、政界にも知己が多いことで知られている。

「あ、でも、お金持ちの道楽とは違いますよ。手塚グループから多少の賛助金は受けているかもしれませんが、活動資金のほとんどは瑠美さんがあちこちに頭を下げて集めたものですし、なりふり構わずいつもあんな恰好で走り回ってるんです」

いささかムキになって弁護しているようだったが、それが彼女の実像だろうとは想像できた。

「で、どうです？　受けますか？」

田淵が尋ねた。

「多少他の仕事に影響はでるでしょうけど。あそこに関しては払いは間違いありませんよ。そのへんはきちっとしてますから」

「少し考えさせてください」

そう言いながらも、自分はこの依頼を引き受けるだろう、と感じていた。

その日は午後から雨の予報だった。美和の運動会も中止だろうと安堵していた荒井は、朝の七時に「決行だから、迎えに行くからね」とみゆきの電話で起こされた。

みゆき運転の車に同乗して九時半に着いた時には、さほど広くない園庭の応援席はすでに満員だった。先に来て場所を確保していたみゆきの母の園子《そのこ》と会うのは、その日が初めてだった。だが娘の恋人より孫の活躍によほど関心がある園子は、挨拶もそこそこに園児の列の中に美和の姿を見つけては手を振り、大きな声で名前を呼んだ。

今にも降り出しそうだった空はなんとか午後まで保《も》ち、大勢の参観者が見守る中、園児たちの遊戯や競技はプログラム通りに進んでいった。

昼休みには、母と祖母に加えて荒井という新しいギャラリーの参加に興奮気味の美和も交えて、園庭の一角でみゆきの手作り弁当を囲んだ。

早くに夫を亡くし、定食屋を切り盛りしながら娘を短大まで通わせたという園子は、午後になると孫の応援に熱が入るそのままに、いつの間にか荒井のことをみゆきと同じく「尚さん」と呼び、「ほら、尚さんも応援して」「手を振って」と遠慮のない声を掛けてくるようになった。

予想外の展開になったのは、午後の「親子競走」の時だった。それまで元気に応援していたみゆきが、急に「お腹が痛い」と言いだし、代わりに荒井が出ることになったのだ。嵌《は》められたのだとは分かったが、保育士から「早く」と急《せ》かされては、ごねているわけにもいかなかった。

親子で力を合わせて数々の障害をクリアしていくというその競技において、ほとんどのコンビが親の方の失敗で遅れていく中、荒井と美和の息はぴったりで、彼女にとってその日唯一の一等賞をもたらすことになった。

「お父さん、上手だったね〜」

事情を知らぬ見物客から声を掛けられ、美和ははにかみながらも嬉しそうに笑っていた。


運動会が終わり母娘で暮らす官舎に戻ってもしばらくははしゃぎっぱなしだった美和は、早目の夕食を済ますと船をこぐようになり、祖母に促されるまま寝室へと入っていった。彼女を寝かしつけてくれた園子も、「さすがに疲れたよ」とバスで十分ほどの自宅へ帰って行った。

「今日はありがとう」

二人きりになると、みゆきが改まった声を出した。

荒井は黙って首を振る。

「こちらも約束を果たさなきゃね」

そう前置きしてみゆきは言った。

「例の事件のこと、聞いてきたわ。被害者のろう児施設理事長の死因は、刃物で腹部を刺されたことによる失血死。遺体に移動の跡はなく、殺害現場もその公園のようね。凶器は発見されず。キャッシュカード入りの財布がなくなっていたらしいけど、現金が下ろされた形跡はなし。金銭目当ての線は早くから消えたみたい」

「うん」肯いて先を促す。

「通り魔という線もないみたいね。残るは、怨恨《えんこん》、痴情のもつれ。有力なのはその辺り。携帯電話もなくなっていたらしいから、履歴から特定されるのを恐れたのかもしれない」

「マルヒは特定されてないんだね」

「何人か事情聴取されてるみたいだけど、どれも確証には欠けるみたい。ただ、参考人リストの中に、所在が分からない対象者が一人。その対象者は、どうやら聴覚障害者みたい」

そこでみゆきは荒井のことを見た。

「今回の被害者って、以前にうちの所轄で起きた事件の被害者の息子さんなんじゃない？　十七年前のあの事件の――」

みゆきの言葉に、荒井も否応《いやおう》なしに思い出すことになる。

十七年前のあの事件――。

今回の被害者である和彦の父・能美隆明《たかあき》が、理事長を務めていたろう児施設「海馬の家」の一室で、背中から血を流して倒れているのを、宿直の警備員に発見されたのだった。すぐに救急車が呼ばれたが、搬送の途中で隆明は死亡した。死因は、背中を鋭利な刃物で刺されたことによる失血性ショック。殺人事件としてその日のうちに狭山署に捜査本部が設置された。

警備員は発見の一時間前にも見回りをしていたが、隆明が在室していることは知らず、その時には部屋の灯りも点《つ》いていなかったという。見回った際には施錠されていた裏口の鍵は、事件後には開いていた。鍵に壊された跡がなかったため、犯人は隆明とともに中に入ったか、中から招き入れられた可能性が高い。犯人は顔見知り、施設の関係者、というのが捜査員の大方の見方だった。さらに金銭は奪われていないことが判明し、動機は、怨恨、痴情のもつれ、の線に絞られた。

問題は、生前の被害者の評判が芳しくなく、動機を持つ者に事欠かないことだった。家族親類をはじめ、施設スタッフ、出入り業者……参考人のリストは膨れ上がり、捜査は長期化が予想された。だが、それらの情報を持ち寄った二回目の捜査会議が開かれようとしたその朝、事件は呆気《あっけ》なく収拾の方向に向かった。

自分がやった、という男が、凶器の果物ナイフを手に自首してきたのだ。

門奈哲郎というその男は、ろう者であり、施設利用者の父親だった。狭山署においてろう者が被疑者として検挙されたのは過去十年の間例がなく、当然専従の手話通訳など存在しなかった。そこで、荒井に白羽の矢が立てられた、というわけだ。

当時警察勤めも九年目になろうとしていたが、身分はあくまで警察事務職員であり、警察官ではない。採用時に警察学校で一ヶ月の研修こそ受けたが、捜査のノウハウなどを学んだことはなく、もちろん取り調べに同席するのは初めてのことだった。

大きな不安と緊張を胸に取調室へと向かった彼を待っていたのは、だが思いがけない言葉だった。

「自白調書はもうできてるから、あんたには読み聞かせだけしてもらえばいいから」

県警本部から来たベテランの取調官は、何でもない口調でそう言ったのだ。

どうやら、取調官が筆談や身振り手振りで被疑者に質問し、筆記でなされた答えなどをもとにした供述調書は、すでに作成されているらしい。しかし調書に被疑者の署名・捺印を求める際には、その内容を読み聞かせなければならない。その際に手話通訳が必要、ということだったのだ。

拍子抜けする思いを抱きながら、荒井は調書に目を通した。

そこには、門奈が、以前から施設の教育方針について利用者の保護者の立場から異議を唱えていた、ということから始まり、しかし一向に改善される様子がなく、特に隆明が施設を私物化していることに対し腹立たしく思い、恨みが募っていた、という動機。事件当夜、直接会って話そうということになり、深夜、隆明と施設内で落ち合ったという経緯。そして、しかしそこでも隆明の態度は変わらず、それまでの恨みもあり、激しい口論となった。最後にひどい言葉で罵倒されたことで頭に血が上り、話は終わりと背を向けた隆明に向かって手にしたナイフを突き出してしまった。殺すつもりは毛頭なく、ナイフも護身用に持っていったものだった。刺してしまった後慌てて救急車を呼ぼうと思ったが、しゃべることができないため電話はできず、さらに隆明が血を流して動かなくなったのを見て怖くなり、裏口から逃げ出した——という顚末《てんまつ》が記されていた。

文章として分かりにくい表現はあったが、内容自体に矛盾はなく、修正を求めた箇所もなかった。

だが、一つの訂正印もないその汚れのなさが逆に気になった。本当にろう者が通訳も介さず、筆談と身振り手振りだけでこのような内容を語れたのだろうか。

そんな疑念が頭をもたげた矢先、職員に連れられ門奈が入ってきた。

荒井は、初めて会った時の門奈の姿を今でもはっきり思い出すことができる。

小さなからだをさらに小さく丸め、終始伏し目がちで、時折向けてくる視線はどこか遠くを見ているように頼りなかった。荒井でなくとも、本当にこの男が供述にあるような乱暴行為を働いたのだろうか、という疑問を抱いたことだろう。

荒井の疑いは、通訳が始まってからさらに大きく膨らんでくることになった。

〈通訳を担当する荒井と言います〉

「日本手話」で言うと、門奈の顔に、ハッとしたような表情が浮かんだ。

その手と顔が動く。〈今日本手話」が話せるんですか〉

〈はい。今日の会話は「日本手話」でいいですね？〉

門奈の顔に、初めて表情と言えるようなものが浮かんだ。安堵。もしくは希望――しかしそれも、

「おい、何をしてる。勝手に話すな！」

取調官の怒声と机を叩く行為に、すぐに消えた。

「調書を読み聞かせてくれ」

そう言われ、調書を頭から手話で伝えようとするが、すぐに、

「口でも同時に話してくれ」

と遮《さえぎ》られた。

荒井は「日本手話」と「音声日本語」を同時に話すことの困難さを訴えたが、「口で言う言葉の方が正確であればかまわん」という答えが返ってくる。

「そっちは調書と一字一句変えてくれるな。手話の方は適当に合わせてくれればいいから」

それは逆ではないか――。出かけた言葉をぐっと飲み込み、手話で読み聞かせを始めた。

しかしそれは、「困難」などという生易《なまやさ》しいものではなかった。日本語としても意味をとるのが難しいような表現が多々あった。取調官に意味を確認しようとすると、「いいから続けろ」「その通り読んでいけばいい」という返答しか返ってこない。意味も分からずそれを手話で表現することなどできるわけもない。自分の手話がいつしか支離滅裂なものになっていくのを感じていた。

何度かそれを訴えても、取調官は「文章は読めるんだから問題ない。形だけだ」と、にべもない。

供述調書とは、被疑者の話を聞いた上で取調官が作成するものだと承知はしていた。しかし、いくらつぎはぎだらけのものであろうと、それはあくまで「被疑者が話すことを文章としてまとめたもの」であるはずだ。

目の前の調書の冒頭には、確かに『本職はあらかじめ被疑者に対し自己の意思に反して供述する必要がない旨を告げた』という一文がある。しかし、ろう者である門奈は、自分で話すことはできない。いや、「日本手話」で話すことはできたはずだが、それを通訳する者はいなかった。被疑者が自分で供述を筆記することは規則上あり得ない。

つまりこれは、最初から最後まで取調官が作成したものなのだ——。

せめてもの救いは、容疑が、殺人ではなく傷害致死だったことだった。ナイフを持参したのは、小柄で非力な門奈が大柄な隆明と対決するにあたり護身と脅しを兼ねてのもので、また、凶器であるそれは殺傷能力に欠ける刃渡り九センチの果物ナイフであり、実際の傷も普通なら自然に出血が止まる程度のものであったのが、隆明がアルコール性肝硬変の末期で血が止まりにくい状態だったことが災いし、失血性ショックによって死亡したのだった。

それでも、もし彼らが門奈に「殺意があった」という予断を持って取り調べに臨んでいたら、恐らく彼はそれを否定しきれなかっただろう。

こんなずさんな取り調べが許されていいのか——。

湧いてくる怒りをどうにかして抑え、何とか最後まで調書を読み聞かせた。

「訂正がなければそこに署名、指印《ゆびいん》」

取調官の言葉を伝えると、門奈は小さく肯き、調書に署名・指印をした。

「あんたもそこに」

見ると、被疑者の署名欄に続き、

「右の通り、手話、筆談、口話により録取したところ誤りのない事を解読し署名・捺印した」

という一文があり、「通訳人」と書かれてある。

これに署名・捺印すれば、この文章通りのことを被疑者が言ったと自分が保証することになるのだ。

いいのか、本当にそれで——。

「何をしてる。早くしてくれ」

取調官がせっついてくる。一介の事務職員である荒井に、それを拒否することなどできなかった。

ペンを取り、調書の最後に署名・捺印し、それで任務は終わった。

結局、自分は何のために呼ばれたのか。一体何かの役に立ったのか——。

無力感に打ちのめされ立ち上がった時だった。門奈が机をトントン、と叩いた。

見ると、彼の手と顔が動いていた。

〈頼みがあります〉

〈何ですか〉

自分にできることであれば何でもする、という思いで尋ねる。

「おい、何をしている。勝手に話すな！」

怒号が飛んだが、無視して訊いた。

〈頼みって、何ですか〉

〈家族に面会したいんです。会わせてくれないんです〉

なるほど、そういうことか、と得心する。勾留中、起訴前は、弁護士以外は家族でも「接見

禁止」とされるケースもある。だが、起訴後だったら解除されるはずだ。それを踏まえ、

〈もうすぐ許可されますよ〉

と答えた。だが門奈は悲しげに首を振る。

〈会えないって。ずっと会えないって言われました〉

ずっと会えない？　起訴後も接見禁止が続くということか？　なぜ――。

「おい、何を話してるんだ！」

割って入ってきたのは、取調官の背後に控えていた所轄の刑事だった。それが、当時まだ三十代前半の何森だったのだ。

「家族に会いたい、と言っています。起訴後は接見可能ですよね？」

そう確認すると、何森は苦い顔になった。

「あいつのところは、家族もこれでな」

耳をふさぐ仕草《しぐさ》をする。

「会話は全部手話なんだと。面会は言葉が話せないとダメなんだよ。立ち会い係員が会話内容を聴取できないだろ」

確かに彼の言う通りだった。しかし、と荒井は思う。それならば外国人同士の接見も同じことだ。

外国語での接見は、確か通訳人の立ち会いがあれば認められているはずだった。ならば彼らだって――。

「私が通訳をします」思わず、そう口にしていた。

「お前が？」

「はい。起訴後に家族との接見を求めた時には、私が通訳人として立ち会います。それならば認められますか」

何森はしばしの間、不思議なものでも見るように荒井のことを見つめていたが、

「上に訊いてみる」

大儀そうに答えると、門奈を連れていった。


態度こそ邪険な何森だったが、荒井の言葉はちゃんと上に伝えてくれたらしく、門奈の接見は起訴後に認められた。

しかし荒井がどちらの側なのか、拘置所の方でも戸惑ったらしい。弁護人や被告人が依頼した通訳であれば、当然その通訳は仕切りの向こう側に座ることになる。だが結局は警察事務職員という立場が考慮されたようで、立ち会い係員とともに仕切りのこちら側に座ることになった。

面会室に入ってきた門奈は、荒井の姿を見ると、左手の甲に乗せた右手を何度も上下させた。荒井は肯いて応えた。

接見に現れたのは、門奈の妻と小学校中学年ぐらいと中学生ぐらいの娘が二人だった。三人とも、門奈の姿を見ると一様に安堵の表情を浮かべた。

〈お父さん、少し痩せたみたい。ちゃんと食べてる?〉

妻が今にも泣きそうな顔で言う。

〈大丈夫だ。健康にも異常ない。みんなも元気か〉

〈お父さんがいなくて元気なわけない。でも毎日、みんなでお父さんの無事を祈ってる〉

言葉を交わすのはもっぱら門奈と妻で、二人の娘は何か尋ねられた時に短く手を動かすぐらいで、あとは両親の交わす手話をじっと見つめていた。

荒井の今回の役目は、それらの会話を音声日本語に通訳することだった。しかし、夫婦や親子の間で交わされる私的な会話を逐一《ちくいち》係員に伝える気は、荒井には端《はな》からなかった。門奈や家族の方にしたって、荒井の通訳など気にするはずもない。彼らには荒井の声は聴こえないのだから。

そう思いながら何げなく仕切りの向こうに目をやると、手をつなぎ肩を寄せ合っていた二人の娘のうち、年少の娘が自分のことをじっと見つめているのに気づいた。眼が合っても逸《そ》らそうとしない。

その様子はまるで、荒井が係員に何と通訳しているのか、見定めているようにも見えた。

「時間だ」

係員が告げ、門奈を促した。門奈が哀しそうな眼で立ち上がる。彼と妻が名残惜しそうに別れの言葉を交わしている時だった。

年少の娘が、何か言いたげに荒井の眼をとらえた。

見返すと、少女の手がふいに動いた。

〈おじさんは、私たちの味方？　それとも敵？〉

ハッと胸を突かれた。すぐには応えられない。

娘は、射るような視線で荒井のことを見つめていた。

門奈の妻が出口へ向かい、二人の娘に手を差し伸べる。年少の娘も踵《きびす》を返すと、差し出された母の手をとり、部屋から出て行った。

「あの娘、何を言ってたんだ？」

係員が目ざとく尋ねてくる。

「ああ――私に、おじさんも警官なの？　と訊いてきただけです」

咄嗟《とっさ》にそう答えてごまかした。係員も、「そうか」とそれ以上追及しなかった。

門奈は、荒井に向かって左手の甲に乗せた右手を上下させ、係員に連れられ出ていった。

彼の姿を見たのは、それが最後になった。

裁判の結果も、服役後のことも、聞かなかった。あえて耳に入れないようにしたと言ってもいい。この時経験したことは、自分のしたことは、すべて忘れたかった。

だが、いつまでも「それ」は脳裏に焼き付いて離れることはなかった。

あの時、門奈の娘が自分に向けた、射るような視線。そして、手話。

〈おじさんは、私たちの味方？　それとも敵？〉

自分は、どちらなのだ？

――答えられるはずもなかった。
それは、物心がついてから今まで、ずっと纏《まつ》わり続ける答えの出ない問いなのだった。

第四章　損なわれた子

東京と隣接する県にあるその駅で下車したのは、荒井の他に僅《わず》かな客しかいなかった。

晴れていれば近くにあるダム湖辺りでピクニックを楽しむこともできるが、その日は祝日とはいえ朝から重い雲が空を覆っている。ダム湖と隣接して営業していた遊園地がなくなってからは駅もさびれる一方だった。

目的の場所に向かう前に、幹線道路沿いにあるコンビニに立ち寄った。線香とライターは買えたが、お供え用の生花は置いていない。彼岸や盆でもなければ墓参客など滅多に来ないのだろう。

寺の境内に入っても人影はまばらだった。千円札を出して花を買い、手桶と柄杓《ひしゃく》を借りる。墓地へと続くなだらかな坂を上った。初夏に咲く花の香りが風にのって運ばれてくる。

墓前に着くと、すでに真新しい花が供えられていた。約束の時間にはまだかなりあったが、兄たちが先に来たのか、と思う。せっかく高い金を出した花を捨てるのも惜しく、花筒の隙間《すきま》に無理やり押し込んだ。

線香を供え、形ばかり手を合わせたが、祈るべきこともない。線香が燃え尽きるまで、何をするでもなくぼうっと時間を過ごした。

煙がすっかり消えたのを見届け、墓前から立ち上がる。

今来た道を引き返しながら、この後どうするか、とまだ迷っていた。待ち合わせの時間より一時間も早く家を出たのは元よりそのつもりではあったのだが、いざ向かおうとすると足が鈍った。だがここまで来て行かないわけにもいかなかった。

駅前の幹線道路まで戻って、タイミングよくやってきたバスに乗る。

母が暮らす特別養護老人ホームは、そこから停留所にして二つばかりのところにあった。

バス停で降りるとすぐに、瀟洒《しょうしゃ》な外観が見えてくる。エントランスはホテルのロビーを思わせる雰囲気で、とても特養ホームには見えなかった。

受付で聞いたレクリエーションルームに向かうと、「バルーンアート教室」が開かれていた。

「はい、じゃあ、まずワンちゃんをつくってみましょう。風船をふくらませまーす」

講師役の男性が風船に空気を送り込もうと頬っぺたを膨らませた姿に、囲んだ十四、五人の入居者たちがどっと笑う。皆明るい笑顔を見せているが、そのほとんどが重い認知症患者のはずだ。

施設への入居申し込みも手続きも、行ったのは荒井だった。だが、この五年の間にここを訪れたのは今日を入れても三度しかない。それでも施設からは定期的に連絡が入っていたから、母の様子に良くも悪くも変化がないことは承知していた。

講師が器用にバルーンで犬の形をつくると、大きな拍手が湧いた。

その輪から少し離れた窓際に、車椅子に座りぼんやりと外を眺めている母の姿があった。二年ぶりだがさして老けた印象がないのは、短く切り揃えた髪と少しふっくらとした体型のせいだろう。もう五月になるというのに、フランネルのシャツのボタンを首元まで留めているのが窮屈そうだった。

レクリエーションの輪の中にいたスタッフの女性が、できたばかりのうさぎのバルーンを手に母に歩み寄った。

「みんなと一緒にこっちに来ましょうよ」と誘っているようだったが、母は何も答えず、膝に置かれたバルーンに視線を移すだけだ。

近づいていくと、スタッフが気づき、「こんにちはぁ」と明るい声を向けてくる。荒井も会《え》釈《しゃく》し、さらに近づく。

「荒井さん、息子さんですよ、面会に来てくれましたよ」

スタッフが大きな口を開いて、ゆっくりと言う。だが母の表情に変化はない。ただ黙ってスタッフの顔を見返している。

「む、す、こ、さん、分かります?」

荒井は、右手をあげて彼女を制し、母の前に回った。スタッフは、お任せします、というように一歩下がる。

同じ目線になるよう腰を下ろし、ゆっくりと手を動かす。

両手の甲を合わせ、それを左右に離した(=久しぶり)。そして握った両手のこぶしを二回下げながら眉をあげ、顎を引いて笑みをつくった（＝元気？）。

と、それまで表情のなかった母の顔に、ふいに変化が表れた。

焦点の合わないように見えた眼が荒井をしっかりと捉え、バルーンから離した手を驚くほどのスピードで動かす。

〈足が痛いのよ。あんまり歩けないの〉

荒井も手話で応える。〈そう、それは困ったね〉

〈でも車椅子があるから不便はないわ〉

〈そうか、恰好いい車椅子だね〉

母は肯《うなず》き、こちらを見て、再び手と顔を動かす。

〈あなたは、元気？〉

〈ああ、元気にやってるよ〉

〈そう。それは良かった〉

〈これ〉

持ってきた包みを渡す。

〈パジャマを買ってきたから。良かったら、着てください〉

事前に施設に電話を入れ、必要なものはあるかと尋ねた上で買ってきたものだった。

「お母様は格子の柄がお好きなようですよ」

施設長にそう言われ、言われた通りの柄を選んできた。母にそんな好みがあった覚えはなかったが、確かに今着ているネルシャツも格子柄だった。

目を見張って包みを受け取った母は、荒井に視線を戻して縦にした右手を左手の甲に乗せてから上にあげた。

それから、思いついたように、膝の上にあったバルーンを手に取り、差し出した。

〈お礼に、これ、あげるわ〉

反射的に受け取ったバルーンに目を落とす。マジックで描かれたくりくりの目玉が、荒井のことを見つめていた。

母の視線が動いたので追うと、背後で入居者たちが一斉に移動を始めていた。バルーン教室が終わったらしい。

母が荒井に向かって手をあげた。

〈おやつの時間だから。またね〉

〈ああ、また来るよ〉

母は少し首を傾《かし》げるようにしてから、にっこりと笑い、手を動かした。

その手話に〈どういたしまして〉と答えると、母はもう一度ほほ笑み、入居者たちの最後尾について去って行った。

一緒に見送っていたスタッフがニコニコと近寄ってくる。

「さすが、息子さんですね」

いいえ、と首を振るが、

「やっぱり手話が使えると嬉しいんですね。荒井さんのあんな顔、見たことないもの」

と屈託がない。

「最後、なんておっしゃってたの？　荒井さん、とても嬉しそうだったけど」

「ああ――」

荒井は、母が言った最後の言葉を通訳した。

「『親切にありがとう。知らない人なのに』そう言ってました」

笑顔を強張《こわば》らせたスタッフに、「母をよろしくお願いします」と一礼し、施設を後にした。


バスで寺まで戻ると、ちょうど法事が始まる時間になっていた。

法要殿の一室に入ると、兄の一家が待ちわびた様子で座っていた。荒井を認めた兄の悟志《さとし》が怒ったような顔で立ち上がり、手を動かす。

親指と人差し指を出した両手を左から右に山なりに横へ動かしてから、左手の指を揃えて曲げ、右手の人差し指を伸ばしてその下をくぐらせる（＝遅いぞ、何でだ？）

荒井も手話で応える。

〈悪かったな。おふくろのところに寄ってた〉

悟志が、不快気に眉根を寄せた。

〈一人で行ったのか？　法事が終わってからみんなで行こうと思ってたのに〉

〈この後用事があるから。法事が終わったらすぐ帰る〉

兄は何か言いたげな表情で荒井を見たが、ちょうど住職が入ってきたため、動かしかけた手を下ろした。

「まだ皆さん、おそろいではないですかな」

少ない人数を見てか、住職が尋ねる。

荒井が「いえ、これで全員です」と答えると、住職は肯き、祭壇の前に座った。

「ではただ今より、故荒井敏夫《としお》さんの三十三回忌法要を営ませていただきます」

住職が厳《おごそ》かに告げ、読経《どきょう》を始める。

悟志と妻の枝里《えり》が合掌するのを見て、一人息子の司《つかさ》も神妙な顔つきで手を合わせていた。荒井は、形だけ合掌し、久しぶりに会う兄一家の様子をしばし眺めた。

木工所で建具《たてぐ》職人として働く兄のからだは相変わらず頑強そうで、その指は太く節くれだっている。妻の枝里は長かった髪を肩のあたりでばっさり切っていたが、それ以外は少しも変わっていない。

唯一大きな変化を見せているのは、やはり息子の司だ。以前会った時は小学校に上がったぐらいだっただろうか。その頃よりは十センチほども背が伸びたようだった。

三人とも読経を拝聴する形をとってはいるが、彼らの耳に住職の声は届いていない。

兄の一家は、「デフ・ファミリー」と呼ばれる、家族全員が生まれついてのろう者の一家だった。

やがて読経が終わり、住職がこちらへ向き直る。

「今日は穏やかな日で良かったですな。えー、今日は故人の三十三回忌ということですが、『自来迎《じらいこう》』という言葉についてちょっとお話ししようかと思います。『自』は自然のままに、道理のままに、仏さまと一緒、という意味で……」

兄たちがろう者であることは住職も知っているはずだったが、おかまいなしに小難しい話を始める。

すっかり退屈したらしい司がもぞもぞとからだを動かすのを、枝里が咎《とが》めていた。

「私たちは小さい存在なのに、大きく振る舞おうとします。欲望から生まれる虚飾の姿。この虚飾の姿を自分だと思い込み、虚飾の自分を演じるのです。本当はコンプレックスいっぱいの私が背伸びをして歯をくいしばっている……」

虚飾の姿。コンプレックス。住職の言葉が、子供時代のことを思い出させた。

自分の親に対する複雑な思いを——。

親の日本語の文章がどこか変だというのは、小学生の頃から何となく気づいていた。荒井の通っていた小学校には、担任から家庭への便りというようなものがあり、親からも返信が義務づけられていた。母が書いたものを提出前に読んで、おかしな表現をそっと手直ししたのは一度や二度ではない。それは、助詞や接続語が抜けがちというろう者の特性から来るものであり、恥ずべきことではないと理解はしていた。

だが、そう思い切れなかったことも確かだった。

自分の親は、人の親より知能が劣っているのではないか。そしてその子である自分もまた、同じなのではないか――。否応《いやおう》なしに湧いてくるその不安を打ち消したくて、必死に勉強をした。荒井の成績は、小・中・高を通し、常にクラスで上から三番を下ることはなかった。

だからといって大学などに行けないのは分かり切っていた。その頃には父はなく、兄が働いてはいたが、障害者世帯で母子家庭、という家の状況を考えれば高校まで通わせてもらえたのが奇跡のようなものだったのだ。

進路を考えなければならなくなった時、荒井は県の採用試験を受けることに決めた。警察を選んだのは、誰からも分かりやすく認めてもらえる道を選んだに過ぎない。警察官ではなく事務職員を目指したのは、警察官を志望した場合「家族」について調べられるのでは、という不安があったからだった。

採用試験に難なく合格した荒井は、県の運転免許試験場を皮切りに、二つの署でそれぞれ総務課・会計課に配属された後、県警本部勤務へと順調に出世の階段を昇っていた。そのまま進んでいけば、高卒の事務職員としては最高のキャリアである県警会計課長の椅子が待っていたかもしれない。

だが、直前でその道は蹉跌《さてつ》をきたした。

県警勤務の後、狭山署の会計課の主任になった時のことだった。

荒井はそこで、虎の尾を踏んでしまったのだ――。

「ですから『自来迎』とは、本来の飾らない自分にかえることができるまで待っていてくださる仏さまのはたらきのことです」

法話もようやく終わりに近づいていた。

「『凡小』の身ではありますが、仏さまの教えに身を託して、自然のままに、ありのままに、ともに歩んでいきたいものです」

法話を終え、立ち上がった住職をみなで見送る。枝里一人お布施を渡すために廊下に出た。改めて甥《おい》っ子に顔を向ける。

〈司、大きくなったな〉

母親似の少年は恥ずかしそうに身をよじった。

〈何年生になった？〉

〈小学校五年〉

もうそんなになるか、と驚く。するともう四年も会っていなかったのか。大きくもなるわけだ。

〈忙しいと言っても、メシぐらい一緒に食っていけるんだろう？〉

兄が二人の間に割って入ってくる。さすがにそこまで拒むわけにはいかないだろうと、お斎《とき》代《が》わりに近くのレストランを予約してあった。それを伝えると、

〈やった！〉と司が喜んだ。

戻ってきた枝里が〈何から何まですみません。今日も無理して来てもらったのに〉と頭を下げる。

〈何言ってる。兄弟だぞ。無理も何もあるか〉

鼻を膨らます悟志に、枝里は黙って首を振った。

枝里の言う通り、今回の三十三回忌は〈オヤジの供養の仕納めだから〉という兄のたっての希望で行ったものだったが、建前上の施主である兄の代わりに寺との交渉は全部荒井がしたのだった。

四人で法要殿を出たところで、

〈墓参りしてから行くだろう?〉

と兄が訊いてきた。

〈俺はすませた〉と答えると、

〈何でも先にすませちまうんだな〉と兄が再び不満顔になる。

ふと、墓前に供えられた花のことを思い出した。

〈墓参り、まだだったのか?〉

〈ああ、お前が来てから一緒にしようと思って。じゃあメシ食ってから俺たちだけで行くか〉

すると、あの墓前の花は誰が供えたのか――。

心当たりは、二人しか浮かばなかった。

一人は、両親を古くから知る、素子だ。だが多忙な彼女がわざわざここまで足を運ぶとは考えにくかった。

すると、もう一人の方か――。

立ち止まった荒井を、悟志が振り返った。

〈どうした？〉

〈何でもない〉

首を振り、兄たちの後を追った。


レストランは、昼時ということもあって混み合っていた。

喉が渇いていて、料理を決める前に先にビールを頼んだ。兄が（仕事じゃなかったのか？）というような目を向けてきたが、気づかない振りをした。

荒井と悟志は蕎麦と寿司のセットを、枝里は天ぷら御膳を頼んだ。司はメニューを食い入るように見つめ、なかなか決められない様子だ。

〈早く決めないと置いて帰っちゃうわよ〉

〈だって、みんなおいしそうなんだもん〉

〈そのお子様セットでいいだろ〉

〈やめてよ、そんなの食べるわけないだろ〉

兄たち家族が手話で会話するのを、ぼんやりと眺めていた。

何を言っているのかは、荒井にも分かる。自分だけのけものにされているわけではない。それでいて、ざらついた感情が奥の方からやってくるのを止めようがなかった。

今のような光景の中にいるのは初めてではなかった。

いや、荒井は生まれてからずっと、こういう中で育ってきたのだ。

父も母も兄も、自分以外の家族はみな生まれついてのろう者であり、「聴こえる」のは自分だけだった。

それに気づいたのはいつ頃のことだっただろう。「自分以外の家族は聴こえない」のだと初めて意識したのは？

物心ついた頃から、家族との会話は手話が当たり前だった。保育園の友達とは声を出して会話をしていたのだろうが、特に意識して使い分けをしていたという記憶はない。それが自然なことだったし、何の疑問も覚えたことはなかった。

それを初めて意識したのは――思い浮かぶのは、こんな光景だ。

まだ荒井が小学校に上がるか上がらないかの頃。家族揃って、居間で談笑していた。夕食を終えた頃だろう。一家団欒《だんらん》の楽しいひととき。もちろん自分もその輪に加わっていた。

その時ふいに、雨の音が聴こえた。

カーテンは閉まっていて外は見えない。だが安普請《やすぶしん》の平屋住宅だったから、大粒の雨の音がはっきりと聴こえた。

荒井は立ち上がった。雨が降りだしたからどうしたということはない。ただ、つい外を見たくなるほどの、激しい音だったのだ。

ふと見ると、家族は誰もそれに気づいていなかった。全く変わらない様子で、談笑を続けていた。

聴こえないのだ、とその時初めて荒井は思った。

この人たちには、外の雨の音が聴こえないのだ。

そして、僕だけが聴こえるのだ。僕だけが家族と違うんだ——。

兄に肩をつつかれて、我に返った。

見ると、テーブルの前にウエイトレスが所在なげに立っている。傍《かたわ》らでは司がメニューを指したまま、困ったような顔をしていた。

「何?」

ウエイトレスに訊くと、彼女も少し困惑顔で、

「和風ドレッシングとフレンチドレッシングとどちらがよろしいでしょうか?」

と訊く。

状況が分かって、司にそれを通訳する。司は〈どっちでもいい〉と答えた。

荒井は勝手に、「和風ドレッシング」と伝える。

「かしこまりました。それではメニューをお下げいたします」

ウエイトレスが去ると、兄たちはホッとした表情を浮かべた。

そんな彼らを見ていて、再びあの感情が蘇る。

兄たち家族とて、この手のレストランに来るのが初めてということはないだろう。その際にも、今のように意思の疎通に不自由を感じる場面はあっただろうが、自分たちだけで何とか切り抜けたはずだ。

だが、自分がいると——「聴こえて手話もできる」荒井がいると、何のためらいもなく彼ら

は自分に頼る。通訳をさせ、交渉事を任す。

親とて、そうだった。

荒井は、幼いころから嫌というほど「家族と世間」との間の「通訳」をしてきたのだった。買い物や遊びに行った先で。学校の親子面談では教師と親の間に入って。銀行や役所に連れて行かれたこともたびたびあった。

だが、一番つらかったのは、と思い出す。

母と一緒に病院へ、父の検査の結果を聞きに行った時だった。

最初は筆談でそれを母に伝えようとしていた医師だったが、走り書きの悪筆を母がなかなか読めず、結局荒井が医師の言葉を母に伝えることになったのだ。

今でもはっきりと覚えている。医師が困ったように、だが、仕方がない、という顔で口にしたその言葉を。

――お父さんは、末期の肺ガンです。もって半年。恐らく今年いっぱいもたないと思います。

それを母に伝えた。母は、信じられないという顔で、医師にもう一度確かめるようにと言った。そしてそれが本当のことだと悟ると、顔を覆ってその場で泣きだした。

荒井は泣けなかった。

しっかりしなければ。自分がしっかりしなければ、とそれだけを思っていた。

彼はまだその時、十一歳。今の司とほとんど同じ年だったのだ――。

小菅駅を降りると、改札口を出たところに瑠美と新藤が待っていた。

「おはようございます」

笑顔で荒井を迎えた瑠美は、初夏らしい淡いブルーのスーツ姿だ。

「まだちょっと早いですから、お茶でも飲みましょう」

新藤がせかせかと先に立って歩き出した。

荒井は、数日前に電話で「専属通訳」の件を正式に受諾していた。今日は、東京拘置所から出所する菅原を引き取りに来たのだ。先に行って手続きを済ませているはずの弁護士の片貝とは拘置所で落ち合うことになっていた。

「菅原さんが住むところは決まったんですか?」

それぞれ飲み物を頼み終えたところで、荒井は尋ねた。

菅原に親・兄弟はなく、遠縁に当たる者はいるらしいが引き受けは拒否されていること、もう長いこと仕事はしておらず、逮捕前はホームレス同然の生活をしていたこと、などについては荒井もすでに承知していた。

「ええ、しばらくは私たちの『寮』で生活してもらうことに」

瑠美が代表を務めるNPO「フェロウシップ」では、小さなアパートを一棟借り上げ、様々な理由で地域の福祉から取りこぼされた高齢者や障害者などに、一時避難場所として部屋を無料で提供していた。「寮」とは恐らくそこを指しているのだろう。

「家族など引き受け手のない出所者の場合は、普通『更生保護施設』というところが受け入れてくれるんですけど。菅原さんのような公訴取り消しのケースは対象にならないんですよ」

新藤が暗い顔で言う。

「たとえ更生保護施設に入れたとしても、高齢者や障害者の場合、仕事も住まいも見つからないケースが多いんです。福祉施設側も受け入れに難色を示す傾向が強いですから」

障害を抱えた出所者の社会復帰を巡っては、様々な問題が提起されていることを少しは荒井も知っていた。確か、各都道府県に「支援センター」なるものを設置することが決まったのではなかったか。

それを言うと、「それが、あんまり進んでいないんですよ」新藤が、待ってましたとばかりに現状についての解説を始めた。

どうやらただ時間をつぶすためにカフェに入ったわけではないらしい。福祉事情に疎《うと》い彼に、レクチャーをしてやろうという腹積もりもあったようだ。

「特に菅原さんのような方の場合、コミュニケーションの壁が立ちはだかりますからね……」

新藤の声のトーンが低くなる。

「行政からも福祉からも抜け落ちてしまう人たちは、まだまだ多いんです」

それまで新藤に説明を任せていた瑠美の口が、初めて開いた。

「菅原さんのような教育に恵まれなかったろう者や、知的障害を持った人たちは、いわばその代表です」

新藤も肯いて、続ける。

「菅原さんは障害者手帳を持っていません。恐らく、その存在も知らないでしょう。知的障害を持っている方の場合は、『療育手帳』ですね。それを持っていない人が大半です。そのために、出所しても結局は自立できずに無銭飲食や万引き、といった小さな罪を犯してまた刑務所へ逆戻り、ということを繰り返してしまうんです」

「そもそも、菅原さんのような人たちが罪を犯した場合、どう対処するのが正しいのだろう、と私は思うんです」

瑠美が荒井の眼を見つめて話す。

「確かに菅原さんの場合は、教育の不足、コミュニケーションができない、というだけですから、心神喪失《しんしんそうしつ》や心神耗弱《こうじゃく》の中に入れることはできません。でも、その行為を、聴者と同じように見て、同じ刑事責任を負わせていいのでしょうか」

「手塚さんがおっしゃっているのは」荒井は口を挟んだ。「以前あった刑法四十条のことですね？」

「はい」

彼女は大きく肯いた。

「解釈についてはもちろん厳正にしなければなりませんが、刑法四十条そのものは、いちがいに不必要だとか有害であるとは言えないのではないか、今でも、いや、今だからこそ、むしろ必要な規定なのではないか、私はそう思ってるんです」

『いん唖者の不処罰又は刑の減軽』を定めた刑法四十条。廃止前、ろう者からは逆差別だという意見が多かったと聞く。だが、瑠美の考えにも肯けるものがあった。

十七年前の門奈の取り調べ。少し立ち会っただけでも、彼らが公平に扱われているとは思えなかった。それでも、まだあの頃は四十条があった。門奈にも適用されたと聞く。それにより救われる思いもあった。それがない今、果たして彼らに公正な法の適用がおこなわれていると言えるのか──。

その時、「ママ、あっち、あっち」とはしゃいだ声とともに、荒井たちのテーブルの脇を二、四歳の子供が駆け抜けて行った。

そんなに走ったら危ないぞ、と思わず目で追う。

案の定、子供が転んだ。今までの元気はどこへやら、火がついたように泣きだす。すぐに母親らしき女性が駆け寄って抱き起こしたが、子供はなかなか泣きやまない。そんな子供を、母親は懸命にあやしている。

その光景をぼんやりと眺めていた荒井の脳裏に、幼いころの記憶が蘇った。

今の子供と同じぐらいの年齢ではなかったか。道を走っていて、思い切り転倒したことがあった。前を歩く母親に駆け寄ろうとしていたのかもしれない。とにかく母親がすぐ前を歩いていたことは確かだ。

荒井は、泣いて、母親を呼んだ。

だが母親は、振り向きも、立ち止まりもしなかった。荒井はさらに大声で泣き喚《わめ》いた。それでも母親は気づかず、歩いて行くだけだった。

ああ、お母さんは聴こえないんだ。

遠ざかっていく後ろ姿を見ながら、荒井はそのことを思い知った。同時に、学びもした。転んで泣いても、誰も助けてはくれないのだと。

それから彼は、転んでも泣かない子になった。

泣いて助けを求めても、その声は誰にも届かない。ただ我慢するしかないのだ。そして、立ち上がり、自分で歩きだすしかないのだ――。

「どうしたんですか?」

新藤の声にハッと我に返った。

つまらないことを思い出していて彼女たちの話を聞いていなかった。

苦笑を浮かべて新藤の方を見ると、彼女が見ていたのは、荒井ではなく、瑠美だった。

「ごめんなさい、何だかぼうっとしちゃって」

瑠美がそう言ってこちらに向き直る。彼女も、荒井と同じように、今の母子の姿に目を奪われていた様子だった。

「――そろそろ時間ですね。行きましょうか」

新藤の言葉を機に、三人とも立ち上がった。


拘置所の職員に見送られ出てきた菅原は、思ったより血色も良く、こけていた頰にも少しふくらみが見えた。雨露をしのげ、三食きちんと出る拘置所での暮らしは、彼にとってはそれまでの生活よりも健康的なものだったのかもしれない。

練馬《ねりま》にある「フェロウシップ」の寮までの道中、菅原は終始ぼんやりとした顔を窓外に向けていた。こちらが何か伝える時だけ、肯くか首を振るかする。自ら何かの意思を表明することはなく、これではほとんど通訳などいらないのではとも思ったが、口には出さなかった。

寮は六畳一間にキッチンがついただけの簡素な部屋だった。それでも、布団に鍋釜食器類、冷蔵庫に洗濯機、と生活に必要なものは一通り揃っている。事故防止のためガスは使えないようにしてあったが、冷蔵庫にすぐ食べられる物のほか、米や味噌、レトルト食品も用意されていた。

電子レンジや炊飯器の使い方を一通り教えると、後はもうすることはなかった。専属通訳といっても、もちろん四六時中一緒にいるわけではない。とりあえず障害者手帳の申請のため福祉事務所に同行する日程だけ決め、片貝とともにアパートを後にした。


ターミナル駅に着き、別れようとしたところで、片貝が「あらいさん、このあと、ごよていは？」と訊いてきた。

「いえ、特にありません」と答えると、

「じゃあ、ちょっといっぱい、やっていきませんか。こうあつくちゃ、びーるでものまないと」

まだ日は高かったが、帰ってからすることがあるわけでもない。荒井は、いいですよ、と肯いた。

二人で、駅前のチェーンの居酒屋に入る。開店したばかりらしく、まだ他に客はいなかった。サービスタイム中だという生ビールのジョッキを注文し、

「菅原さんの釈放を祝って」

と乾杯をした。片貝は見かけによらずいける口らしく、すぐにジョッキを飲み干すと、お代わりを注文した。まだ半分も空《あ》けていない荒井が驚いた顔をすると、

「さーびすたいむのうちに、たのんで、おかないとね」

とニヤッと笑った。どうやら初対面のイメージとは違い、結構茶目っ気のある男のようだった。

二人になると、もっぱら会話は「日本語対応手話」になった。やはり片貝も口話よりその方が話しやすいようだ。

菅原の今後のことについては、片貝は新藤よりは楽観しているようだった。

《仕事に就くのは難しい》《かもしれない》《でも》《手塚さんがついている》《だから大丈夫》

荒井は、《手塚さん》《といえば》

と、今日一日行動を共にしていた中で、気になったことを尋ねた。

《彼女は》《手話を》《使わないんですか》

通訳は荒井の役目とはいえ、新藤や片貝は通じないなりに何とか手話で菅原とコミュニケーションをとろうと試みていた。だが瑠美は、一度も自ら手話を使うことはなかったのだ。

《そうですね》《全くできないわけではない》《だけど》《あまり使いませんね》

《なぜですか？》

片貝は、さあ、というように首を傾げ、
《彼女は考えている》《中途半端な手話を使うより》《ちゃんとコミュニケーションがとれる》《正確に話せる通訳を介した方がいいと》
続けて、
《気になりますか？》とからかうような笑みを浮かべた。《手塚さんのこと》
《いえ》荒井は首を振る。《そういうわけではありません》
《いや》《気になって当然です》
片貝は笑みを浮かべたまま続ける。もうそこにからかいの色はない。
《あんなに若くて》《環境に恵まれていて》《それなのに本当に一生懸命に》《困っている人たちの力になろうとしている》《私だって不思議に思う》《その原動力はどこにあるんだろう》
片貝のピッチは、さらに上がっていった。それにつれ、彼の手話も饒舌《じょうぜつ》になっていく。荒井は、もっぱら聞き役に徹することにした。
《私は》《三歳の時にかかったはしかが原因で》《聴こえなくなったんです》
酔うにつれ、片貝は自分のことを語り始めた。
《両親は》《私に》《あらゆる治療を試した》《でも》《治らないと悟ると》《今度は》《何とか近づけようとした》《「聴こえる子」に》
ジョッキに残ったビールを一気にあおり、再び手を動かす。
《補聴器》《聴覚口話法》《インテグレーション》次々と単語が出てくる。

《あの頃はまだ》《「人工内耳」はなかったけど》《今だったら考えたことでしょう》《ご存じですよね？》

荒井は肯いた。人工内耳とは、内耳に電極などを埋め込み、直接聴覚神経を刺激することで聴こえを補助するもので、中途失聴者、特に子供のうちに手術をすればかなりの効果があると言われている。

インテグレーションとは「統合教育」の意味で、ろう児がろう学校に通わないで、地域の公立校で学ぶことをいう。三十年ほど前から盛んになった教育法で、片貝などはインテグレーションを受けた最初の世代になるのかもしれない。

《ろう学校で》《私の聴覚口話法の成績は》《トップクラスでした》《でも》《地域校にインテグレートした後は》《想像がつくでしょう？》

荒井が肯くのを見て、片貝は続ける。

《いくら》《ろう者社会の中では》《「話すのが上手」でも》《聴者社会にあっては》《「変なしゃべり方をする子」でしかない》《特に子供は正直だから》

片貝はそこで寂しげな笑みを浮かべた。

《それからです》《本気で》《死に物狂いで》《勉強を始めたのは》

《負けたくなかった》《聴者の子供たちに》《日常の会話では》《敵《かな》わなくても》《勉強では》

《彼らに追いつき》《追い抜くことができる》

《いや》《絶対に追い抜いてみせる》

遠くを見るように目を細めてから、再び続ける。
《テストで一番をとった時》《両親はもちろん喜んでくれました》《でも》《私には分かった》《両親にとって一番嬉しいのは》《私が成績優秀になることではなく》《「普通の子」になること》《「聴こえる子」になってくれることだった》
《両親がありのままの私を受け入れてくれることは》《ついにありませんでした》
《両親が手話を覚えることも》《なかった》
《私たちは》《結局一度も》《まともに会話したことさえなかったんです》
《私は常に》《「損なわれた子」だったんです》
間断なく動いていた片貝の手が、ふいに止まった。
自嘲気味な笑みを浮かべ、立ち上がった。
「――でましょうか」
「すこし、のみすぎた、みたいです」

片貝と別れ、帰宅ラッシュが始まった電車に乗りこんだ。

窓外に流れる景色を眺めながら、聞いたばかりの「告白」について考えていた。

片貝と同じく、荒井もまた、「損なわれた子」だった。

片貝の場合は「聴こえない子」であることによって。荒井の場合は、家族の中で唯一「聴こえる子」であることによって。

両親が兄を溺愛《できあい》していることは、幼い目にも分かった。

親からすれば、「聴こえる」荒井については心配いらない、その分「聴こえない」兄を庇護《ひご》しなければ、と思うのは当然だったのかもしれない。

だが幼い荒井にとって、親の態度の違いは、「自分が愛されていない」と感じるのに十分だった。

両親は、兄のことがすべて分かった。兄は両親の世界の一部であり、兄にとってもまた、両親は世界の一部だった。

そして、自分は彼らの世界の一部ではなかった。

「聴こえる」自分のことを両親は、分からなかった。そして自分も、「聴こえない」両親の、兄のことを、本当に分かることはなかったのだ。

少し夜風に当たろうと、アパートまでの道のりを回り道して歩いた。

普段通らない道には、名も知らぬ花が咲き誇っていた。それらの花を眺めているうちに、ふと思い出す。

父の法事の際、墓に供えられていた花――。

「心当たり」の相手に礼の電話をしなければと思いながら、その機会を逸していた。

携帯を取り出し、まだ残っていたその番号を表示する。

番号を変えているかとも思ったが、二回のコールで相手は出た。

「もしもし」

ほぼ三年ぶりに聞く、元妻——千恵美《ちえみ》の声だった。

まさかこれほどすんなり相手が出るとは思わず、一瞬言葉に詰まる。

「尚さんでしょう？　しばらくね」

向こうが口を切ってくれたことに安堵し、ようやく声が出た。

「ああ、しばらく」

どんな会話を交わせばいいか何も考えていなかったことに改めて気づく。

「——声は、元気そうだ」

我ながら間抜けなことを言っていると思ったが、千恵美は意に介さず、

「あなたも」

と応えてくれる。しかし後が続かない。用件を言うしかなかった。

「花、ありがとう。君だろう？」

「ああ」

なんだそのこと、というように千恵美が応える。

いつも父の命日には、荒井が行かぬ代わりに彼女が花を供えに行ってくれていた。やはりあの花の贈り主は千恵美だったのだ。

「今年は三十三回忌だったでしょう。ちょっと報告も兼ねて」

報告とは何だろう。尋ねる前に、電話の向こうからその声が聴こえた。

庇護者を求めて泣く赤ん坊の声。

「ごめんなさい、うるさいでしょう。まだ二ヶ月なの。手が離せなくて」

さりげなく言われた言葉に、思わず息を呑んでしまう。

妻に子供が？――いや、元妻だ。離婚して三年が過ぎていた。再婚していても、子供がいてもおかしくはない。それでも、動揺は隠せなかった。

「籍は先月入れたばかりなの。連絡しようかどうしようか迷ったんだけれど――」

「いや――」

予想もしていなかったことに、何と言っていいか分からない。

「わざわざ、お花のお礼に？」

彼女が話題を変えてくれたことにホッとする。

「ああ、そう、それだけ」

「ご丁寧に、ありがとう」

「いえ……」

それ以上、話すことはなかった。電話の向こうの泣き声は止まない。切り上げ時だった。

「それじゃあ」

「ええ。電話ありがとう。久しぶりに声を聞けて良かった」

「ああ……」

「お元気で」

電話を切ってからも、しばしその場に立ち尽くしていた。

千恵美に、子供が――。

荒井より三つ下だから、今年で四十一歳になるはずだった。高齢出産も珍しくなくなったとはいえ、遅くなればそれだけリスクも高くなる。荒井と早めに離婚することで、彼女は望みを叶えることができたのだ。

良かったな。おめでとう。

なぜそう言ってやれなかったのか。荒井は唇をかんだ。

後で気づくことばかりだ。彼女の思いの切実さにさえ、今の今まで気づかなかったのだ。そう、確かに彼女は子供を欲しがっていた。望まなかったのは自分の方だ。

県庁で働いていた千恵美と県職員の会合で知り合い、数年の交際を経て結婚したのは荒井が三十二歳、彼女が二十九歳の時だった。

子供については、「当分の間はいらない」ということで意見は合致していた。彼女もようやく思うように仕事ができる環境になったところで、妊娠・出産のためにそのキャリアを中断することは頭にないようだった。どちらかが「ほしい」と思った時点で話し合おう、という取り決めだけ交わした。

千恵美が突然それを言い出したのは、彼女が三十代半ばにさしかかった頃だ。タイムリミットが迫っているから、と言われればその通りだったが、向こうにももうその気はないものだと思っていた荒井は、当惑した。

彼女は結婚当時の取り決めを持ち出し、今が「その時点」だと言った。荒井は、話し合うこと自体は拒まないが、自分はその気になれない、と答えた。それでなくとも結婚当初に比べ、肌を合わせる回数は減っていた。本当に子供をつくろうと思えば、互いの健康チェックをし、生理周期や排卵日を把握した上で性交渉をしなければならない。

今更そんな機械的な行為をする気にはなれない、と荒井は言った。

それが「逃げ」であることは千恵美にもすぐに分かっただろう。

この人は初めからその気がなかったのだ。そのことに気づいた彼女は、初めて荒井のことを不信の眼で見た。

それでも千恵美は粘り強く彼を説得しようとした。だが荒井は、終始煮え切らない態度を取り続けた。二人の間には冷めた空気が漂い始め、避妊する・しない以前にベッドを共にすることさえなくなっていった。

荒井が「騒動」に巻き込まれたのは、そんな頃のことだった。

妻である千恵美にも影響が及び、彼女は実家に身を寄せた。そして、そのまま戻ってくることなく半年後に離婚届が送られてきた。荒井は同意し、署名・捺印したそれを役所に届け出た。

こうして二人の、九年あまりの結婚生活は終焉を迎えた。荒井は、千恵美を騒動に巻き込んでしまったことにずっと後ろめたさを感じていた。離婚されても仕方がない、と。

だが彼女は、そんなことがなくてもとうの昔に離婚を決めていたのだ。

裏切られた、という眼を向けたあの日から――。

第五章　コーダ

ブランコの上、初夏の風を受けて美和はいたくご機嫌だった。

「もういいかな、おじさん疲れちゃった」

みゆき母子の住む官舎からほど近い公園。そう広くはないが、幼児向けの遊具が充実していて、よく晴れた日の午後ともなれば親子連れでいっぱいだ。中でもブランコは一番の人気で、長い間順番を待ってようやく乗れたとあって美和は降りようとしない。

「ダメー、もっとおしてー」

「悪い、ちょっと休ませて」

「やだー」

ベンチに座っているみゆきに助けを求めたが、笑っているだけで立ち上がってはくれない。

「ごめん、ちょっと休憩ね」

美和の返事を待たずベンチに戻った。

「じゃあママおしてー」

美和が叫んでいるが、みゆきは動かず「お疲れさま」とベンチで荒井を迎えた。

「付き合ってるとキリないわよ。適当にあしらえばいいのに」

「ああ」

実際、荒井がいなくなっても美和は上手にブランコをこいでいた。

楽しそうに揺られている美和を眺めながら、電話の向こうから聴こえてきた赤ん坊の声を思い出す。

元妻は別れてから子供を産み、そして自分は今、他人の子供とのどかな時間を過ごしている。

一体何をしているのだろう——。

「そういえば」

みゆきが、思い出したように口にした。

「いつか言ってた事件の参考人——耳の聴こえない人のことだけど。重要参考人に格上げされたらしい」

思わずみゆきの顔を見返した。

重要参考人とは、ただの参考人とは違い、事件に深い関与をしている、または重要な情報を持っていると考えられる人物のことを指す。いわば、被疑者の一歩手前だ。

「なぜだろう。何か証拠でも見つかったのか」

「そこまでは分からない」

みゆきは、ぶっきら棒に答えた。

確かに部署の違うみゆきではその辺りまでを聞き出すのが限界だろう。これ以上は捜査本部に属する捜査官でなければ分かるまい。

捜査本部に属する捜査官――。かつての同僚の不機嫌な顔が思い浮かんだ。

ダメ元で当たってみるしかなかった。


翌日、狭山署に電話をし、刑事課の何森を呼び出してもらった。

「何森は出てますが、あなたは？」

煩《わずら》わしそうな男の声が返ってくる。

「荒井と言います。それでは何森さんに、電話をいただきたいとお伝えください」

そう言って携帯の番号を伝える。

「あらいさん、ね。どちらの」

尋ねかけた声が一瞬止まり、声色が変わった。

「あんた、あの荒井さんか」

「お伝えください」

それ以上何か言われる前に電話を切った。

十分もせずに、荒井の携帯が鳴った。

「何森だ。電話をもらったそうだな」

「ええ、ちょっとお訊きしたいことがあって」

「何か思い出したか」傲岸《ごうがん》な口調は変わらない。

「門奈哲郎が重要参考人に格上げされた理由はなんですか」

一拍間《ま》があった。

「誰から聞いた」

それには答えず、問いを重ねる。

「何か証拠でも出てきたんですか？」

「奴の居場所を知ってるのか」

何森も質問を重ねてくる。だが荒井は答えず、問いを繰り返した。

「教えてください。門奈哲郎がマルヒだという可能性を示す証拠が見つかったんですか」

「――お前が持っている情報をよこせ。そうしたら教えてやる」

「情報はありません」

「忙しいんだ。仕事の邪魔をするな」

乱暴に電話は切られた。

何森がイラついているのは明らかだった。捜査は進展していないのだ。そう荒井は推測した。門奈がマルヒと特定されたわけではない。もし特定されているのであれば何森の対応ももう少し違ったものになっただろう。

情報がほしかった。

誰か、この事件のことを詳しく知る者はいないか。

思案していると、ふいに思い浮かんだ顔があった。ろう者社会の中で、比類のない存在感を持つ、一人の女性――。

彼女だったら、もしかしたら。そんな期待を抱いて、リハセンへと向かった。


手話通訳学科の教官室へ着くと、素子はまだ授業中らしく不在だった。

入口で名乗り、アポがあることを手話で告げると、教官仲間らしい女性が〈冴島先生の席で待っていたら〉と親切に椅子を引いてくれる。

礼を言って、待たせてもらうことにした。手持無沙汰に室内を見回していると、隣の席の女性がほほ笑みかけてくる。

〈「Dコム」の方?〉

〈違います。個人的な知り合いで〉

〈あら、そう〉

女性は意外そうな顔をした。その後も、ちらちらと視線を送ってくる。素子のところに「個人的な知り合い」が訪ねてくるのは珍しいことなのかもしれない。

――あなたも「Dコム」のメンバーなの?

手話通訳士の試験を受けることを決め、アドバイスをもらうため素子のもとを訪ねているうちに、彼女の周囲の人たちから、何度となくそう訊かれた。

それが何を意味するかは、その後、学科試験のための勉強の過程ですぐに分かった。

どんな文献であれ、「ろう者の現状」について説明される際には必ずと言っていいほど「冴島素子」と「Deaf（デフ）コミューン――通称Dコム」の名が出てきたのだ。それほど素子と、彼女が設立した自主グループの存在は現在のろう者社会において特別なものなのだった。

彼女であれば、事件について何か知っているかもしれない。荒井が考えたのは、そういう事情があってのことだった。

しばらくして、素子が授業を終え戻ってきた。

〈お待たせ。お茶でも飲みましょうか〉

素子は荒井を、別棟にある喫茶ルームに誘った。

〈通訳士の仕事はどう？〉

向かい合った素子は、いつものにこやかな笑みを浮かべ、尋ねた。

〈何とかやってます〉

〈そう、それは良かったわ〉

当たり障りのない世間話を少ししてから、その話題を切り出した。

〈ところで、先月狭山で起こった殺人事件のことはご存じですか？〉

素子は少し首を傾《かし》げてから、

〈「海馬の家」の理事長の事件のこと？〉

〈そうです〉

〈知ってるけど〉

では、どこまで知っているのだろうか。

〈今回の被害者の父親が、十七年前、やはり刺されて死んでいます〉

〈そのようね〉

〈その時の加害者は、ろう者でした。門奈哲郎という人物です〉

素子は肯《うなず》く。

〈彼のことをご存じですか?〉

〈直接は知らない。でも、そうね――知っている、と言っていいでしょう〉

ろう者社会の中で素子の知らないことはない。荒井は再びそれを思う。

〈今、彼がどうしているかご存じですか〉

素子は不思議そうな顔でこちらを見返した。

〈なぜあなたはそんなことを訊くの?〉

当然予期すべき質問だった。だが荒井は、それに対する答えを用意できないままここに来ていた。

なぜ自分は、こんなにも門奈のことが気になるのだろう――。

〈私は、十七年前、加害者の取り調べの際に通訳をしました。そして最近、被害者の息子の事件のことを知りました。さらに、警察が門奈さんから話を聞こうとしていることも〉

素子はじっと、荒井の手と顔の動きを見つめている。

〈門奈さんに対する取り調べは、ずさんなものでした。冤罪《えんざい》だったとまでは言いません。彼は罪を認めていました。それは確かです。でも、それはそれとして、あの時の取り調べはひどか

った。そして私は、それを間近で見ていながら、何もできなかった〉

荒井の手話が止まったのを見て、素子が尋ねた。

〈責任を感じているということ？〉

〈分かりません。その時の私には——その時の私の立場では、どうすることもできなかった。でも、今は〉

今は、違うのだろうか。今の自分だったら何かできるのだろうか。

考えても答えは出なかった。

〈分かった〉

素子が、荒井を見つめたまま言った。

〈とにかく門奈さんが今どうしてるか知りたい、ということね〉

〈はい〉

〈残念ながら、それについては知らない。でも、そうね〉

素子は、考える仕草《しぐさ》をした。

〈今度の日曜日、ちょっとしたろう者の集まりがあるの。門奈さんのことはともかく、「海馬の家」のことだったら、誰か知っている人がいるかもしれない。訊いてあげるから、あなたもいらっしゃい〉

事件に関する手掛かりが摑めるのであれば。荒井は、集まりが開かれる時間と会場を聞いた。

ホールの扉を開けた瞬間、大きな「ざわめき」に襲われ、軽い目まいを感じた。

シンポジウムの開始までにはまだ数十分あったが、大ホールいっぱいに並べられたパイプ椅子はすでに七割ほど聴衆で埋まっていた。

恐らくそのほとんどは「ろう者」だろう。だから声に出したおしゃべりが交わされているわけではない。それでも、手話を話す際に手が擦れ合う音や、口型《こうけい》をつくる時の唇の接触音、時折混じる音声日本語、さらには合図として床を踏み鳴らしたり椅子を叩いたりする音、などがそこかしこから聴こえる。

何よりも、会場いっぱいに飛び交う手話そのものが、波打つさざめきのごとく荒井を圧倒したのだった。

端の方の空《あ》いていた席にようやく身を落ち着け、入口でもらったチラシに目をやる。そこには、「フォーラム『ろう者』を考える」と題された今日のシンポジウムのパネリストたちが写真入りで紹介されていた。

その筆頭に、「Dコム代表」と肩書きされた素子の姿があった。他に、中途失聴・難聴者の代表、障害学の研究者、言語学者、ろう教育の現場からは現役教師、ろう児の親の代表等々――。

ここには、「ろう者」の問題を語るには欠かせないあらゆる立場の人々が集結していた。

何がちょっとした集まりだ。

荒井は、素子の誘いに乗ってのこのことこの場に来てしまった自分の愚かさに舌打ちをした。

誘われた時に気づくべきだったのだ。これが、Dコム主催の「ろう者集会」だということに——。

「Dコム」と素子がなぜ、ろう者を語る上で欠かせない存在になったのか。

その理由は、数年前に素子が日本手話研究会理事長の宇津木《うつぎ》と共同で思想誌に掲載した、「デフ文化宣言」

なる一文にあった。そこで素子は、

「日本手話は『Deaf（デフ）＝ろう者』の母語であり、ろう者とは、日本手話という、日本語とは異なる言語を話す、言語的少数者である」

と宣言するとともに、「Dコム」を結成し、「Deaf（デフ）＝ろう者」と「日本手話」の存在を世間に知らしめるべく運動を始めた。

ここで、ろう者を表す英語のスペルの頭文字が、小文字ではなく大文字の〝D〟であることには意味がある。

素子たちが模範とするのは、一九七〇年代にアメリカのろう者たちが起こした「デフ・コミュニティを言語的少数者、文化的集団と捉える運動」だった。彼らは、自分たちの集団を「耳が聴こえない」ことによってではなく、言語（手話）と文化を共有することによって成り立つ社会とした。

その際、英語で耳の聴こえない人のことを表現するdeafという単語の頭文字を大文字にし、

Deafという言葉を、新たに彼らのコミュニティのメンバーを指すものとした。

素子たちもそれに倣《なら》い、自分たちはdeaf（単に耳が聴こえない者）ではなく、Deaf（ろう者）なのだと主張するに至った。

その主張の中心は、それまで「障害者」という病理的視点からしか語られていなかったろう者を、「独自の言語と文化を持つ集団」としてとらえ直したところにある。

つまり、ろう者にとっての言語とはあくまで「日本手話」のことであり、「日本語」は「第二言語」に過ぎない。文化もまたしかり。

従って、日本手話と同時に日本語も解し、日本文化も受容するろう者は、二つの言語を持ち二つの文化を知る「バイリンガル・バイカルチュラル」な存在として定義される。

それらの主張には、これまで障害者として健常者より劣った存在とされてきたろう者に、誇りと自信を取り戻させる、いわば「民族独立宣言」としての意義があった。

だがその急進的な主張は、「聴こえる者・聴こえない者」双方から、激しい異議と批判を巻き起こすことにもなった。

真っ先に異議を唱えたのは、同じ聴覚障害者仲間であったはずの中途失聴と軽中度の難聴者たちだった。

Dコムの主張によれば、ろう者の言語は日本手話のみであり、日本語と同じ文法を持つ日本語対応手話や、手話に日本語の発声を交えて行うこと――それは「シムコム」と呼ばれた――は排除される。日本語対応手話は言語的には手話ではないので「手指《しゅし》日本語」と表記するのが正しい、という向きさえあった。

すなわち、それらの言語を用いる中途失聴や軽中度の難聴者は、「ろう者ではない」と定義されることになってしまうのだ。彼らが怒るのは当然だった。

また、他の障害者運動に関わる者たちから、「『自分たちは障害者ではない』と主張することは障害者を差別することにつながる」という批判がなされた。

さらに、長年ろう教育に携わってきた人たちからは、Dコムが掲げる「日本手話至上主義」に対し、強い懸念が表明された。

一つには、ろう児の親の多くは聴者であり日本手話が話せない人たちであることを踏まえ、親子関係、家族間を断絶させるものにならないか、という危惧。

第二には、聴覚口話法やトータルコミュニケーションの可能性を否定することで、ろう児が「日本語習得」の機会を逸してしまうことにならないか、という憂慮だった。

さらに、先天性の失聴者の中でも最近は日本語対応手話を使うことに違和感がない、むしろそちらの方がコミュニケーションをとりやすいと感じている者もいる、という意見もあった。

それらの異議・批判に、素子たちはことあるたびに応えてきてはいたが、嚙み合わないまま議論は平行線をたどっていた。そこで、ろう者の問題に関わる者たちが一堂に会し、「ろう者とは何か」をはっきりさせようではないか、と催されたのが今日の集まりだったのだ。

ここは、自分などが来るべき場所ではない――。

荒井が腰を浮かしかけた時、司会者が壇上に現れ、シンポジウムの開始を告げた。
「難聴児教育の専門家」と自己紹介した司会者は、聴者だった。彼の音声日本語を、壇上にいる二人の通訳がそれぞれ日本手話と日本語対応手話に通訳する。
席を立つタイミングを逸してしまった荒井は、仕方なく椅子に座り直した。
やがて壇上にパネリストたちが招き入れられ、ディスカッションが始まった。
会場が最も白熱したのは、「デフ文化宣言」を巡っての、素子と日本中途失聴・難聴者協会会長・石黒貴行《いしぐろたかゆき》との応酬だった。
石黒の異議申し立ては、
《今まで「ろう者」として生きてきた自分たち中途失聴・難聴者からアイデンティティを奪わないでほしい》
《我々は同じ聴覚障害者として団結し、共通の問題を一緒に解決していかなければならない立場ではないのか？》
という二点に尽きた。
これらに対し、素子は、
〈団結するというが、その際、話される言語は何になるのか？〉
と逆に疑問を呈した。
〈中途失聴・難聴者の方々が、単に「お互いが分かる言葉だから」と日本語対応手話を私たちに強要するのならば、それは対等な関係とは言えません。私たちにとって、日本語対応手話を使うことは苦痛でしかないのです。まさしくそこでは、私たちの言葉が奪われているのです。また、中途失聴・難聴者の方々は、聴者の価値観を基準に、時に私たちの振る舞いを「非常識」だと非難します。ろう文化を理解しているとは思えません。相手の言語と文化を理解しないところに、対等な関係など生まれないのです。対等な関係なしに、団結や共闘などありえません〉

真っ向から対立する議論の中で、石黒から「ろう者の定義」についての疑問が投げかけられた。

《「ろう者とは日本手話を使う者」と限定するが、生まれながらのろう者でも、親が聴者だったり、途中でインテグレートして日本手話が使えない人がいる。そういう人も「ろう者ではない」と排除するのか？　またその逆に、難聴者や聴者でも日本手話の上手い人がいる。そういう人はろう者になるのか？》

素子は答えた。

〈インテグレートして第一言語が手話ではなくなった人は、「ろう者」ではありません。そのことを良いとか悪いとか言うつもりはありませんし、干渉するつもりはありません。また、難聴者や聴者で日本手話が上手い、というのもネイティブ・サイナーと同じではありません。いくら英語が上手いからといって、それだけではアメリカ人、イギリス人とされないのと同じです。何度も言いますが、生まれながらにして日本手話を話し、ろう文化を習得している者、それを私たちは大文字の「Deaf＝ろう者」と呼ぶのです〉

素子の主張は明快だった。

その一方で荒井は、石黒の異議申し立ての背後にある思いを理解することもできた。聴者からは障害者として見下され、ろう者からは「お前はろう者ではない」と排除される。では自分は一体何者なのだ？　そう言いたいのだろう。

——私は常に、「損なわれた子」だったんです。

自嘲気味な笑みを浮かべた片貝の顔が浮かんだ。

《それではあくまで、中途失聴・難聴者はろう者ではない、とおっしゃるんですね》

石黒はなおも食い下がっていた。

〈そうですね。ただ、一つだけ、例外的な存在がいます。「コーダ」の場合です〉

その言葉に、荒井はハッとして壇上の素子を見つめた。

〈コーダ、つまり「両親ともにろう者である聴こえる子」の場合、音声日本語より前に、日本手話を自然に習得します。ろう文化も同様に自分のものとします。たとえ音声日本語を話す「聴者」であっても、本質的に彼らは「ろう者」であると言えます〉

Children of Deaf Adults（ろう者の親の子供）の略である「Coda　コーダ」という呼称は、十六、七年前に米国から入ってきた言葉だった。

それまで、「ろう者を親に持つ聴こえる子」のことを指す言葉はなかった。

言葉がないということは、存在しないも同じだ。

ろう者の親から生まれる子の多くは「聴こえる子」であるから、そういう存在は珍しくないはずだった。しかし荒井自身、自分以外のそういう子と接した経験がなかった。

幼い頃出入りしていたデフ・コミュニティには、恐らく荒井のほかにもそういう子がいたに違いない。だがたとえ音声日本語を話せる子がいたとしても、そこで使われるのは常に「日本手話」だった。だからその頃の荒井には、どの子が「聴こえて」どの子が「聴こえない」のか、という区別はなかった。そこにいるのはみな、「ろうの子供」だったのだ。

大人になり、聴者の社会に出てからはなおさら、自分と同じ存在に出会うことはなかった。もしかしたらどこかにはいるのかもしれない。しかし、荒井がそうであったように、彼らもまた聴者の社会に紛れ、その正体を明かすことはなかった。

だから、数年前、新聞に載っていたNHKの手話キャスターのインタビューの中に、「コーダ」という言葉を見た時、激しく心が揺さぶられるのを感じた。

ああ、自分は一人ではなかったのだ――。

それは、初めて自分の存在を認めてもらえた、という感慨だった。

だが、もはや遅かった。

今さら「仲間」がいることが分かったところで、自分たちに名前を与えられたからといって、どうしようもない。荒井はその時にはすでに、彼らの社会からは完全に離れていたのだった。

壇上からパネリストたちが退場し、周囲の聴衆たちが三々五々出口に向かい始めてからも、荒井はなかなか立ち上がれなかった。

素子からは〈シンポジウムが終わったら、控室に来なさい。誰か紹介するから〉と言われていたが、もはやその気は失せていた。控室には、「Dコム」のメンバーをはじめ、デフ・コミュニティの人々が集結しているに違いない。その中に入っていく気にはとてもなれなかった。

ようやく椅子からからだを引きはがすようにして立ち上がった時、出口に向かう人々の中に一人の女性の姿を見つけた。

目深にかぶった帽子とサングラスで顔ははっきりとは見えないが、その凜《りん》とした姿は見間違えようがない。

足早に出口へ向かう瑠美の姿を、目で追った。

フェロウシップの活動を考えれば、この場に彼女がいることはさして不思議なことではない。多少の違和感を覚えるのは、まるで変装のようなその装いと、周囲に新藤らスタッフの姿が見当たらないことか。

声を掛けようか、しばし迷った。彼女の方はともかく、荒井は明らかに部外者だ。ここにいる理由を問われると説明はいささか面倒だった。

思案していると、一人の年配の女性が彼女に駆け寄り、その肩を叩くのが見えた。振り返った瑠美に、女性は日本手話で語りかけた。離れた場所からでも、荒井には何を言っているか分かる。

〈テレビで見たわよ。すごい賞をもらったんですって。良かったわね〉

どうやら知り合いではないらしい。思いがけず見かけた「有名人」に、無邪気に語りかけているようだ。

いかにも屈託のないろう者らしい振る舞いだった。だが話しかけられた瑠美の方は困っていることだろう。彼女には日本手話は分からないはずだ。

どうするのか、と見ていると、彼女は少しも動じず、にこやかに女性の手話に肯いていた。

〈若いのに偉いわ。あなたたちの活動、いつも応援してるのよ〉

気安く肩を叩く相手に、困った顔も逃げるような素振りも見せず、最後には握手にまで応じ、一礼して瑠美はその場から離れた。そして荒井に気づかず、出口へと向かっていった。

その自然な振る舞いに感心しながら、彼女の後ろ姿を見送った。

自分も帰ろう、と足を踏み出した時、後ろから肩を叩かれた。

振り返ると、いつか素子のところで会った同僚の女性が立っている。

〈あなたが来ないから探してきてって、冴島先生に言われたの。あなたの知りたいことを知っている人がいるから、って冴島先生の伝言。どうします〉

そう言われてはこのまま帰るわけにはいかない。

荒井は、素子が待つ控室へと向かった。

控室には、予想通りデフ・コミュニティのメンバーたちが揃っていた。

日本手話研究会理事長の宇津木をはじめ、「ろう劇団」を主宰する立石《たていし》、バイリンガル教育を実践している私立のろう学校「恵清《けいせい》学園」のスタッフたち。もちろん、全員が「Deaf＝ろう者」だ。

素子は皆に、荒井のことを〈古くからの知り合い〉とだけ紹介すると、他の来客たちとの懇談に戻ってしまった。

〈「海馬の家」のことが知りたいんですって?〉

素子から聞いていたのか、「恵清学園」のスタッフで児玉《こだま》という女性が近寄ってきた。会話は、もちろんすべて「日本手話」だ。

〈はい。ご存じですか〉

〈あなた、ジャーナリスト?〉

〈いえ、違います〉

〈あら、違うの? 「海馬の家」の実態を暴くために取材してるんじゃないの?〉

「海馬の家」の実態? 一体何のことか……。

それを問うと、児玉は怪訝《けげん》な顔をした。

〈そのことじゃないの? じゃああなた、何について訊きたいの?〉

〈「海馬の家」の理事長が殺された事件について何かご存じじゃないかと。ですが、その「海馬の家」の実態というのはどういう――〉

荒井の手話を、児玉が遮《さえぎ》った。

〈ああ、あの事件のこと。知ってるわよ。私の知り合いも子供の頃、あそこに入所していたし。みんな言ってたわ。あんな奴、殺されて当然だったたって〉

知り合いが子供の頃? 話が嚙み合っていないことに気づいた。

〈もしかしてあなたが言っているのは父親の事件のことですか？　十七年前の〉

〈……違うの？〉

〈私が言っているのは、先月起こった事件のことです。息子の方が何者かに殺された事件です。犯人はまだ捕まっていない〉

〈ああ、そっちのこと。そっちの事件のことはよく知らない〉

児玉は興味を失った顔になった。

〈今、殺されて当然、って言いましたよね。父親のことを〉

〈ええ〉

〈あの事件は、傷害致死だったんです。それなのに「殺されて当然」というのは？〉

児玉は、荒井をまじまじと見つめた。その顔に、ふいに不安の色が浮かぶ。

失言をしてしまったことを後悔するような表情だ。荒井は再び尋ねた。

〈十七年前の事件について、何か知っているんですか〉

その時、大柄の男性が割って入ってきた。ろう劇団を主宰する立石だった。

〈知っていたら、どうなんだ〉

児玉がホッとした表情で立石の後ろに身を隠す。

〈教えてほしいんです〉

〈教えたら、どうなるんだ？　だいたい君は、何者なんだ？〉

〈立石さん〉

近くにいた宇津木が助け船を出してくれた。

〈その人は、素子さんの古い知り合いなんだって。コーダなんだよ〉

〈コーダ？〉

立石は荒井のことを改めて見つめた。

〈だったらなおさら訊きたいね。君は、どっちの立場でそれを知ろうとしているんだ？　聴者としてか？　それともろう者としてか？〉

まただ、と荒井は思う。

少女の眼。そして突きつけられた言葉。

――おじさんは、私たちの味方？　それとも敵？

自分を囲んでいる人々の視線を、荒井は感じた。

先ほどまで友好的だったそれは、今、明らかに警戒の色を含んだものになっている。

コミュニティの中に紛れ込んだ異端者を見る眼――。

今まで、何度この視線を感じたことだろう。

それまでにこやかに「日本手話」で会話をしていた相手が、荒井が「聴こえる」と知った時に浮かべる表情。そして続く言葉。

ああ、あなたは聴こえるのね。

そこにあるのは羨望《せんぼう》ではなく、むしろ落胆と拒絶の響きだ。

幼い頃両親に幾度となく連れていかれた「ろう者の集まり」で幾度となく味わったその思い。

そう、父の葬儀の時もそうだった。

葬儀に参列してくれたのは、ほとんどがろう者だった。荒井にとっては見ず知らずの人々が多かったが、入れ替わり現れては心のこもった言葉をかけ、慰めてくれた。

しかしそんな人々も、彼が「聴こえる子」だと知った途端、一様にああ、そうなの、という表情を浮かべる。

そして彼らは荒井のそばから去り、母や兄や、自分たちの「仲間」の方へ移っていくのだった。

荒井の周りには、いつしか誰もいなくなっていた。

第六章　デフ・ヴォイス

朝、アパートを出ると、細かい雨が降っていた。傘をさし、駅までの道を歩く。高い湿度のせいか、それとも昨日の出来事のためか、からだがいつもより重く感じた。

練馬の「寮」に着き、菅原の部屋のチャイムを鳴らす。もちろん音は聴こえないが、中でフラッシュが光り、来客が分かる仕組みになっているのだ。

かなりの間《ま》があってから、ようやくドアが半開きになった。菅原が、恐る恐るという感じでこちらを窺《うかが》っている。

〈おはようございます〉

挨拶をすると、ほっとしたようにドアを大きく開けてくれた。

部屋には彼一人だった。ぽつねんと座る菅原の様子は、見るからに心細げだった。

〈たくさん〉〈眠れましたか?〉

ホームサインを交えながら訊くと、菅原は小さく首を振った。まだ落ち着かないのだろう。

〈ご飯は〉〈食べてますか?〉

この問いには肯《うなず》き、冷蔵庫を指す。とりあえず日々の生活には困っていないようだ。

簡単に今日の予定を説明し、〈行きましょう〉と腰を上げる。どこまで理解しているかは分からないものの、菅原も肯き、荒井の後に続いた。

部屋を出たところで、コンビニの袋を手にした三十歳ほどの年恰好の女性と出くわした。荒井は軽く頭を下げたが、女性は俯《うつむ》き、脇をすり抜けて行った。

何げなく目で追うと、女性は菅原の部屋の二つ隣——202号室に入っていった。一瞬垣間見た横顔が誰かに似ているような気がしたが、すぐにそのことは頭から離れた。

福祉事務所で障害者手帳の申請を済ませ、菅原をアパートまで送った。

部屋に入ると、冷蔵庫に食材を補給する瑠美の姿があった。

「ご苦労様です」

多忙な身なのにこんな細事までこなすのか、という驚き半分で労《ねぎら》うと、

「今日はついでがあったので」と瑠美は言い訳するように言った。「これからは菅原さんにも買い物ぐらいは自分でしてもらわなくてはいけませんものね」

作業を終えた彼女に、障害者手帳の手続きが問題なく終わったことを報告する。

「まず第一歩ですね」瑠美はほほ笑んだ。「これも、荒井さんのおかげです」

「私など何も」苦笑を返すと、

「そんなことはありません」

瑠美が真顔で首を振った。

「今まで、こんなにスムーズに手続きが進んだことはありませんでした。私も新藤も、荒井さんには本当に感謝しているんです」

気づくと、瑠美の手が僅《わず》かに荒井の腕に添えられていた。こちらの眼をまっすぐ見つめながら話す彼女の視線を受け止めながら、ああそうか、と思い当たった。

初めて彼女に会った時に抱いた奇妙な感覚——どこか懐かしいような心地良さ。

それは、瑠美のこういった仕草《しぐさ》から来るものなのだ。

聴者で、これほど相手を見つめながら話す人は珍しい。さらに彼女には、人と接する時、自然に相手のからだに触れる癖があった。

「相手の眼を見つめながら話す」「気軽に人に触れる」

それらはすべて、ろう者によく見られる特徴だった。普段ろう者と接する機会が多いことから、自然と彼らの振る舞いが身についたのだろう。

そこに新藤が現れ、「手塚さん、片付け終わりました」と声を掛けた。

「分かりました。じゃあ見てきます」

荒井に「失礼します」と一礼して、瑠美は新藤と入れ替わりに出て行った。

その後ろ姿を何となく目で追っていると、

「あーあ、やっぱり荒井さんも瑠美さんですかぁ。みんな、彼女の魅力にやられちゃうんですよねぇ」新藤がおどけた声を出した。

「ここにも独身女性が一人、いるんですけど。まあ彼女ほど華奢《きやしや》でも上品でもないですけどぉ」

「いやーー」対応に困って、つい口に出た。「新藤さんだって、とても魅力的ですよ」

「やだ」

新藤の頬がたちまち染まった。自分で話を振っておきながら、「魅力的だなんて。荒井さん、そんなお世辞を言う人だったんだ」と赤くなった顔をパタパタ手で扇《あお》いでいる。

笑みが漏れるのを抑えるため、「手塚さん、どちらに?」と話題を変えた。

「ああ」

新藤もホッとした顔になり、答える。

「下の部屋に住んでいた方が生活保護の受給が決まって、出て行かれたんです。住まいも見つかったので。今日はその整理に」

「そうですか、それは良かった」

軽い気持ちで「部屋が空《あ》いてもまたすぐ次の人が入ってくるんでしょうね」と尋ねた。

すると「そうでもないんです」意外な答えが返ってくる。

「入居条件に合致する人でないといけませんし、それに、菅原さんのように緊急を要するケースもありますから、常に一部屋か二部屋は空けた状態にしてあるんですよ。この階でも、二つお隣の部屋は空いてますし」

おや? と思った。

今朝、その部屋に入っていく女性を見たばかりだ。

だが、単に彼女の勘違いだろう、とあえて口にはしなかった。

「あ、そうだ」

新藤が思い出したようにバッグから何やら取りだす。

「これ、さっき手塚から預かったんです。荒井さんにお渡しくださいって」

差し出されたのは、白い封筒だった。

裏を返すと、差出人として「半谷雅人《はんがいまさと》」「手塚瑠美」という名が並んでいる。

「これは?」

「手塚と半谷さんの結婚披露宴の招待状です。来月の二十六日なので、空けておいてくださいね」

晴れがましい席は苦手だった。結婚披露宴に招待されるほどの間柄ではない、という戸惑いもある。

その表情を見てとったのか、

「荒井さんには是非出席していただきたいと手塚が申しておりました。何とか都合つけてくださいよ」

と新藤が念を押す。

「はあ……」

もう一度差出人の名に目をやった。

半谷雅人、というのが瑠美の婚約者なのだろう。確か政治家と言っていた。ますます気後れする。

行くことはあるまい、と思いながらジャケットのポケットに封筒を押し込んだ。

自宅に戻ると、すぐにパソコンを開いた。ネットにつなげ、検索エンジンにアクセスする。

昨日のシンポジウムの控室で、児玉の言ったことが気になっていた。

――「海馬の家」の実態を暴くために取材してるんじゃないの？

「海馬の家の実態」とは何だ。

荒井も「ろう学校」の存在は知っていたが、「ろう児施設」についての知識はなかった。まず、それを調べた。

ろう児施設とは、児童福祉法にもとづく児童福祉施設の一つで、聴力が全くないか強度の難聴のために日常生活が困難な児童が、将来自立して生活していくことができるよう指導や援助を行う入所型施設のこと、と説明がされていた。

続いて「海馬の家」について――。

埼玉県入間《いるま》市にある「海馬の家」は、六歳から十八歳までの四十人近くを受け入れているらしい。ホームページが更新されているところを見ると、理事長が亡くなった後も運営は続いているようだ。

確か、門奈の娘が「海馬の家」に入所していたのだった。

十七年前の事件の背景を記憶から掘り起こす。門奈が、理事長である能美隆明の教育方針に対して不満を募らせていたという事情があったはずだ。

門奈が不満に思った「海馬の家」の「教育方針」とは何だったのか。

ホームページの中で「聴応訓練」なるものを強くアピールしているのが目を引いた。その文字をクリックすると、説明の文章に飛ぶ。

聴応訓練は、訓練室で、専門の教育を受けた職員と一対一の関係で行います。ことばや聴こえの検査をして明らかになった問題点に応じて、補聴器をつけて音やことばを聴き取る訓練・ことばの理解力を伸ばす訓練・話す力を伸ばす訓練・発音を正しく行う訓練などを行います。

これは結局のところ、ろう教育の現場で主流の「聴覚口話法」を、さらに発展させたものではないのか、と訝《いぶか》った。

昨日のシンポジウムの後半で、ろう教育を巡り「聴覚口話法派」と「バイリンガル教育派」の間で交わされた激しいやりとりが蘇る——。

壇上では、既存のろう学校の代表者と、日本手話で認識力や思考力を養った上で日本語の読み書きを学ぶ「バイリンガル教育」を実践する「恵清学園」の代表者が対峙《たいじ》していた。

「ろう学校側」から聴覚口話法による教育の利点として真っ先に挙げられたのは、一般社会、つまり聴者社会において生活していく上での口話の必要性だった。筆談ですむ場合もあるが、会話ができた方がより利便性が高い、という論理だ。

それに対し「バイリンガル派」からは、読唇術《どくしんじゆつ》はそもそも不完全な会話法であるだけでなく、口話能力の習得度は聴力の度合いや個人の適応性に影響される、という反論がなされた。軽度の難聴の場合は訓練次第で自然な会話が可能になることもあるが、重度の難聴やろう者の場合は不自然なものとなるケースがほとんど、というのだ。

これについては、どちらも相手の言っていることを強くは否定できない。会話ができる方が便利に決まっているが、それは決して聴者のような自然なものにはならない。そのことは双方ともに分かっているのだ。

一方、日本語の読み書きの習得においては、聴覚口話法、バイリンガル教育双方が、その優位性を主張して譲らなかった。

前者は、聴覚活用こそが読み書き能力習得の近道である、と主張した。

それに対し後者は、しかし長年聴覚口話法を実践してきた結果、一向にろう者の読み書き能力が上がっていない事実を指摘した。結局、ろう者の多くは手先を使う仕事や単純作業を担うか、失業者として生活保護を受ける者も少なくないのが現状だ、と。

そこからは、バイリンガル派の独擅場《どくせんじよう》になった。

彼らは、「ろう学校」をこそ手話習得の場にするべきだ、と強く主張した。

〈聴こえる子が周りの人たちの会話を聞いて自然に言葉を覚えるように、言語は環境により自然に獲得できるものです。ろう児が手話を獲得するために必要なのは、自由に手話で会話ができる環境におくことです。毎日のほとんどの時間を過ごす「ろう学校」でその手話環境が整うことが何よりも大切なことと考えています〉

聴こえる親とのコミュニケーションについても、

〈ろう者たちと接する中で親たちは手話を学んでいき、子供ともちろん手話で接していきます。口話ではできなかった深い内容を手話では話し合うことができ、親子の関係も聴こえる子となんら変わりません。子供も子供らしく自然な成長を遂げられます〉

と問題がないことを主張した。

〈確かに社会で手話が通じる環境は限られていますが、人間として母語をもつことは最低限必要なことです。ろう児にとってそれは手話以外にありません。その手話でしっかりとした言語の土台を築いていれば、自分たちの意志を筆談等により十分に伝えることができます〉

〈不完全な形でしゃべることと聴くことに頼った教育を行ってきた結果、すべてが中途半端な状態になってしまっています。日本語の読み書き能力をきちんと獲得するためにも、意味のすべてが理解できる手話での教育がまず必要です〉

そして、ここで言う手話が「日本手話」でなくてはならないのは、彼らにとっては自明のことだった。

〈手話を単なるジェスチャーの延長と誤解する人が多いのは、日本語を手の動きに当て嵌《は》めただけのものをイメージしているからです。日本手話は、完全な文法体系を備えた言語で、抽象的な表現も可能です。子供たちが自然に身につけられる言語で学ぶことは、思考を育てる基礎

となります〉

〈これまでのろう教育は、聴者に近づくことが目標でした。でもこれからは、手話を身につけることで自分に自信を持ち、言いたいことが表現できる自我を育てたいんです〉

バイリンガル教育に聴覚口話法。聴応訓練。ろう児施設――。

荒井の脳裏でそれらの単語が駆け巡っていた。

門奈が「日本手話」を使っていたことは自分がこの目で確かめている。となれば娘たちも同様だろう。それなのに、と疑念が湧いた。

なぜ門奈は、聴応訓練なるものを実践する「海馬の家」に娘を入所させたのか。

いや、入れざるを得なかった、ということも考えられる。例えば経済的、環境的な事情。荒井の家の場合も、両親共に働いて何とか糊口《ここう》をしのいでいた。平屋で狭い公営住宅での四人の生活は窮屈《きゅうくつ》極まりなかった。門奈家にしたって事情はそう変わらなかったはずだ。寝食含め子供を預かってくれるところがあれば助かったのは間違いない。

しかし、本意でなく入所させた施設で、望まない訓練を娘たちが強いられたとしたら――。

門奈の不満が爆発した背景には、そんな事情があったのかもしれない。

だがそれだけにしては、シンポジウムの控室で児玉の口から出た〈「海馬の家」の実態〉〈殺されて当然〉という言葉は激しすぎはしないか。「海馬の家」にはもっと、世間に知られていない何かがあるのではないか……？

それは、何だ。

荒井は、控室で自分を取り囲んでいた人々の視線を思い起こした。

児玉だけではない、彼らはみな、それについて知っているのではないか。知ってはいるが、それは部外者には漏らすことのできない事柄であり、彼らはあの時、荒井をコミュニティの一員として認めていいのか、それを見極めていたのではないか。

そう、恐らく素子も。

──君は、どっちの立場でそれを知ろうとしているんだ？

立石に迫られていた時、反射的に素子の姿を探した。

離れた場所で誰かと談笑していた素子が、ちらりとこちらに目をやった。一瞬だったが、その目は確かに荒井の置かれている状況をとらえたはずだ。だが彼女は、素知らぬ振りで再び談笑に戻った。

素子の手も口も動きはしなかった。だが、その一瞬の視線で、彼女の言わんとしていることは分かった。

〈決めるのは、あなたよ〉

あの日、素子が荒井をシンポジウムに誘ったのも、控室に招いておきながらろくに相手もせずデフ・コミュニティの人々の中に放り出したのも。

〈あなたは、どっちの立場なの〉

素子は彼に、態度を決めろと迫っているのだった。

食事に出ようとした時、携帯電話が振動した。未登録の番号だったが、シンポジウムで会った誰かかと思い、通話ボタンを押した。

「荒井さんか？」

聞き覚えのない男の声が聞こえた。

「そちらは？」

「埼玉県警の米原《よねはら》だ。ひょんなところからあんたの名前を聞いてね」

その名に思い当たるまで、数秒を要した。

米原は、みゆきが以前名乗っていた姓だった。つまり、みゆきの前夫――。

「しばらくだな」

米原智之《ともゆき》とは、以前同じ職場で働いたことがある。その頃は交通課勤務だった。今は県警にいるようだ。面識はあっても、電話を掛け合うような仲ではなかった。

「私に、何か？」

露骨に不審の声が出てしまったのだろう、「そんなに警戒するなよ」と受話口から苦笑が漏れてきた。

「狭山の事件に、興味があるって？　俺の知っている範囲であれば教えてあげてもいいと思ってな」

すぐには返事ができなかった。

誰からこの件を聞いたのか。みゆきが米原と連絡をとるはずはない。だとすれば何森か。いずれにせよ、奴がただの親切でこんなことを言うはずがない。自分とみゆきのことを知った上で掛けてきたに違いなかった。

「とにかく、一度会わないか」

こちらの返事を待たずに問い掛けてくる。

「今週中はどうだ」

みゆきのことを思えば、断るのが当然だった。

だが、捜査員でなくとも県警の中にいれば事件の情報について詳しく知ることもできるだろう。向こうからそれを教えてくれるとは、願ってもない申し出と言えた。

こちらの迷いを察したのだろう、「じゃあ一つ教えてやるよ」と米原が言った。

「門奈って言ったか？　そいつが重参《じゅうさん》になってるのはそれなりの理由があるんだ。知りたくないか？」

「──分かりました」

警戒心より、知りたい気持ちの方が勝った。

「木曜の夜だったら時間がとれます」

「木曜だな、オーケー。七時頃はどうだ？」

「構いません」

「場所は……また連絡するよ。知ってる顔に会わないところがいいだろ」

「分かりました」

電話を切る直前に、「ああ、あいつに言う必要はないからな」という声が届いたが、聞こえなかった振りをして電話を切った。


二日後の水曜日は、久しぶりに益岡の受診通訳の仕事が入っていた。指定された時間に総合病院のロビーに入ると、外来受付のソファで、老人が小さなからだをさらに小さく丸めて座っていた。

荒井に気づいた益岡は、ホッとしたような笑みを浮かべた。

〈やあ、しばらくだな〉

〈ご無沙汰してしまいまして〉

〈何だか最近は忙しいようじゃないか。二、三度、別の人になったよ〉

〈すみません〉

〈いや、忙しいのは結構なことだよ〉

と再び床に目を落とす。その顔はいつになく暗かった。

〈お加減がよくないそうで〉

〈うん、何だか胃の辺りがね〉益岡は腹を撫でた。〈まあ、もう年だからね、どこか悪くなっても不思議はないんだけど〉

その不安げな顔に、電話で田淵が言っていたことを思い出す。

――検査の結果を聞きに行く時だけは、どうしても荒井さんに通訳を頼みたいっていうんですよ。

診察や検査を受ける時は、他の通訳でも仕方がないと引き下がった益岡が、今回ばかりは強引だったというのだ。

――その気持ちは分からないでもないです。最悪の結果が出た時、誰からそれを言われるか、というのはやっぱり大きいですからね。本来、指名はできないんですけどまあそういう事情ですので。

荒井は、いつかの瑠美の言葉を思い出していた。

――手話通訳は確かに技術も大事ですが、相手のことをどれだけ理解しているかが重要であると私は思っています。

彼女の言っていたことは正しい、と荒井も思う。「病気の診断」という最もプライベートな領域の通訳の場合はなおさらだ。

そう考えながらも、幼い頃の記憶が過《よぎ》る。

病院の消毒液の匂い。機械的な医師の声。うめき声を出し、泣く母――。

荒井は、自分の胃までもが痛みを覚え始めたような気がした。

名前を呼ばれ、益岡と一緒に診察室へ入った。

「えー、前回の内視鏡検査で胃の入口にポリープが認められたので、組織をとって調べたわけですが……」

まだ三十代にも見える若い医師は、生検の結果を見せながら説明を始める。結果から言えば、ポリープは良性のもので、心配はいらない、ということだった。胃の不調は恐らく胃酸過多によるもので、薬を飲めばじきに良くなるだろう、と。

医師の言葉を通訳すると、益岡は大きく安堵の息を吐き、医師に向かって一礼した。荒井も急にからだが軽くなった気がした。

病院を出た頃には、老人はすっかりいつもの陽気さを取り戻していた。

〈俺はそこの中華屋で飯を食っていくからさ。あんたも後からたまたま入ってきてくれよ〉

そう言って、返事も聞かず近くの中華屋へと入って行く。仕方がない、荒井は苦笑しながらその後に続いた。

注文した料理を待っている間、益岡がふいと荒井の顔に目をやる。

〈あんた、ずいぶん髪伸びてきたな。長髪好みかい？〉

〈いえ、単に不精なだけで〉と返すと、

〈じゃ、今度俺が刈ってやるよ〉

益岡は得意げに言った。

〈こう見えても元散髪屋なんだ。自分のは今でも刈っているからな。腕はまだまだ鈍《なま》っちゃいないよ〉

か細い腕をぽんぽんと叩く彼の仕草に、感慨を覚えた。荒井の父親もまた、理容師だったのだ。

といっても「奇遇」と驚くほどのものでもない。ろう学校には職業科というものがあり、工業や商業の現場で使える技術を身につけさせる。中でも理容科は、どこのろう学校でも人気の学科だと兄から聞いた覚えがあった。

〈ご自分でお店をされてたんですか？〉

〈小さな店だけどな〉

言葉とは裏腹に自慢げな表情で益岡が答える。

〈五年前、女房が死んだのを機に畳んじまったけど〉

妻がいたということも、亡くなったということも初耳だった。益岡のプライベートについてはほとんど知らないことに今更ながら気づく。

〈お子さんは？〉

つい尋ねてしまってから、曇った益岡の顔を見て失態を知った。

〈子供はいない。できなかった……っていうより、つくれなかったんだ〉

〈すみません、失礼なことを訊いてしまって〉

益岡は、いいんだ、と首を振った。

恐らく経済的な理由などで子供をつくる余裕がなかったのだろう。そう察したが、次の益岡の言葉は予想外のものだった。

〈女房もろう者だったんだけど、親は聴者でな。その親が、結婚前に勝手に処置しちまって〉

荒井の怪訝《けげん》な顔を見て、益岡が苦い笑みを浮かべる。

〈俺たちの若い頃には結構あったことだったんだ。「聴こえる」親が成人したろうの子供に、「盲腸の検査」とかいって結婚前に不妊手術を受けさせたりすることは〉

〈それは、つまり……〉

〈あの頃はまだ、「ろうは遺伝する」って思われてたからな。少なくとも、そう思っている人はまだ多かった〉

愕然《がくぜん》とした。

聴覚障害の遺伝の仕組みについてはまだよく分かっていないことが多い。確かに、生まれつき難聴の子供の半数ほどは遺伝子的な要因によるものだと言われている。だが、それは「ろうが遺伝病」であるということではない。荒井のように、両親ともにろう者であっても聴こえる子供が生まれることもある。一方で、ろう児の親の九割は聴者だ。

だがそういった知識に乏しかった時代には、ろうの親からろうの子供が生まれてくれば、単純に「遺伝」と思う人は多かったことだろう。

それにしても優生手術のようなものまで行われていたとは知らなかった。

愚かなことだ、と断じかけて、ふと荒井は思う。

自分にそれを非難することができるのか？　事実、自分とて——。

〈あんたは親は？〉

益岡に訊かれ、我に返って答える。

〈父は私が子供の頃に死にました。母は健在ですが、今は施設に〉

〈そうかい。俺なんかと大して年も変わらないだろうに〉

言われてみれば、父が生きていれば益岡とほとんど同じ年だ。

〈二人ともろう者かい？〉

〈はい〉

〈良かったな、産んでもらったことに感謝しなきゃ〉

確かに益岡のようなケースがあったことを思えば、自分も生まれてこなかった可能性があったのかもしれない。

しかし、自分の親に限っては、と荒井は思う。

その選択肢はなかったはずだ。彼らはむしろ、ろうの子供を産みたがっていた。そして兄という望み通りの子が生まれた。しかし、その後に生まれた自分は——。

〈でも、あんたの手話は立派なもんだな〉

こちらの様子に頓着《とんちゃく》することなく、益岡はおしゃべりを続ける。

〈コーダだからといって、みんながそんなにうまく日本手話を使えるわけじゃないだろう。家じゃ、手話しか使わなかったのかい？〉

荒井は、〈兄もろう者でしたから〉と肯いた。

〈うちもそうだったよ。一家揃ってのデフ・ファミリーだ。おかげで、家で口話法なんてやらされずにすんだけどな〉

彼の時代にも口話法があったとは意外だった。最初に「読話も発語もできない」と聞かされていたので、端《はな》から口話法を習っていないものと思い込んでいた。

食事を終えてから、そのことを改めて尋ねてみた。

〈ああ、俺たちの頃から口話法はあったよ〉

益岡は上機嫌に答えた。

〈ろう学校じゃ「手真似」って言われて、手話は使えなかった。ひどい先生なんか、「サル真似と同じだ」なんて言ってたもんだ。学校で補聴器を初めてつけた時のことはよく覚えてるよ。嫌な感じだった。「音」っていうのはこんなに煩《わずら》わしいもんかって思ったよ。椅子がギーギー鳴る音や、黒板をチョークでひっかく音も嫌だった。先生は家でもつけておけって言ってたけど、家じゃはずしてた。親も何にも言わなかったしな。補聴器をはずした時はホッとしたよ。ああ、静かな世界へ帰ってこられたって〉

益岡はしばし遠くを見るような目になった。

〈だいたい、口話法ができるっていったって、あんなの外に出て何の役にも立ちやしない〉

益岡は、

〈例えば、これ、何て言ってるか分かるかい？〉

そう断ってから、初めて「声」を出した。

オ・イ・エ。

不明瞭でこもったようなその声が、耳の中で反響し、胸の奥へと落ちて行く。

一瞬、目まいのようなものを感じたが、かろうじて堪《こら》え、答えた。

〈トイレ、ですか〉

〈まあ、あんたにゃ分かる。慣れてるからな〉

益岡は少し悔しそうに言った。

〈だけど、普通の連中には分からない。おいで、とも聴こえるし、こいで、とも聴こえる。いや、そのどれにも聴こえやしないのが本当のところだろう。それに〉

益岡は苦々しげな顔になった。

〈なまじっか少しでも口話法を使ったりすると、奴らは、俺たちが口の動きを読めると勝手に思い込むからな。実際にはほとんど分かりゃしないよ。分かった振りをしているだけだ〉

確かに彼の言う通りだろう。そう思うと同時に、胸の奥底にしまい込んだはずの記憶が蘇る。

あれは、千恵美と結婚した時のことだった――。


千恵美との結婚にあたっては、式や披露宴は行わず、身内とごくごく近しい友人・知人だけを招いてささやかなパーティを開いた。その頃には荒井はデフ・コミュニティの人々とすっかり疎遠になっていたから、「聴こえない」のは荒井の家族だけだった。

母と兄夫婦は、彼らだけで固まり、意味もなく笑みを浮かべ周囲を見回していた。千恵美の家族たちは、荒井の家族に寂しい思いをさせまいと、わざわざ目の前に行き、ゆっくり大きな口を開け話しかけている。

だが荒井の家族には、彼らの言っていることがほとんど分からなかったはずだ。彼らの問いかけに、母や兄が曖昧《あいまい》に肯いたり、首を傾《かし》げたりしているのが幾度となく視界に入った。

自分に助けを求めてくる視線を、痛いほどに感じた。だが今日ばかりは彼らの傍《そば》にはりついているわけにはいかない。何せ、荒井は新婦ともども本日の主役なのだ。

しかし、それにも限界があった。

会場の中、家族だけで身を寄せ、誰とも視線を合わせないように下を向いている姿を見て、ついに諦め、彼らのもとへ行った。千恵美の親族との間に入り、「通訳」をした。途端に彼らは生き生きと話し始めた。今までの沈黙が嘘のように。

それからは、家族の傍から離れられなくなった。自らの結婚という晴れの日を、荒井は一日、家族の「通訳」をすることで終えたのだった。

益岡とは、駅の改札口で別れた。

上機嫌で手を振る老人の様子とは逆に、荒井の胸の奥にはまだざらついた感情が残っていた。今日は妙に昔のことばかり思い出してしまった。益岡の話のせいではあったが、そればかりではないことも分かっていた。

益岡が発したあの「声」。

片貝のような中途失聴者の声とは違う、生まれながらの「ろう者の声」を久しぶりに聴いたせいだった。

あれは一年ほど前のことか。ふい打ちのように聴こえてきたあの声。

うまくいかない再就職活動に疲れ果て、重い足取りで歩いていたハローワークからの帰り道。声は、突然背後から聴こえた。

反射的に振り返ると、雑踏の間を小学生ぐらいの男の子が母親らしき女性の方へ駆け寄っていくのが見えた。

どこにでもある何でもない光景のはずなのに、その母子の周囲には奇妙な空間ができ、行き交う人々の顔には見てはいけないもの、聞いてはいけないものを見聞きしてしまったような戸惑いが浮かんでいた。

母子の会話が、「手話」でなされていたからだ。

目を逸《そ》らす通行人の中にあって、荒井は思わずその光景に見入ってしまった。

それは見事な「日本手話」だった。

二人とも手話を使っていたから、周囲の人々は母子ともに「聴こえない」と思っていたことだろう。だが、彼には分かった。あの子供が自分と同じ「聴こえる子」であることを。

母親が発したあの声。

アーアーイー。

発音は不明瞭で、他の人々には意味を持たない声にしか聞こえなかっただろうが、あれは、母が子供の名を呼び止めたものだ。恐らく、あの子の名は「たかし」だろう。

デフ・ヴォイス。

生まれついてのろう者は、人前で滅多に「声」を出すことはしない。しかし、家庭内ではその限りではなかった。特に、「聴こえる」子供を離れたところから呼んだりする場合などには。

母子連れが仲良く手を取り、雑踏の中に消えて行った後も、しばらく荒井はその場を動けなかった。

自分はあんな風に母の手を取り歩いたことがあっただろうか。

そのことを考えて立ち尽くしていたのだった。


夜の七時を五分ほど過ぎていた。新宿三丁目の駅を出て、若者向けファッションビルの脇道を入る。その店の看板はすぐに見つかった。地下に続く階段を下り、会員制と書かれた扉を開けた。

「いらっしゃいませ」

カウンターの中にいた、マスターらしき四十代の男が声を掛けてくる。

十坪ほどのスペース。カウンターに二人ほど先客がおり、四つある二人掛けのテーブル席のうち、一番奥の席から米原が手を挙げるのが見えた。

「待ち合わせです」

と奥の方を示すと、マスターは「どうぞ」と小さく肯いた。

「分かりにくいところで悪かったな。でもここなら知った奴は誰も来ない。何を飲む?」

米原はビールを飲んでいた。

「同じものを」

マスターは黙って肯く。

米原の前に腰を下ろした。

「事件の情報っていうのは？」

「まあ、そう急ぐなよ」

年齢も入署も荒井の方が二つほど先輩のはずだったが、米原の口調はぞんざいだった。元事務職員に敬語を使う必要など感じていないのだろう。

注文したビールが届き、米原は乾杯、というようにグラスを掲げてみせた。それに付き合わず、黙ってグラスに口をつけた。

「ずいぶん冷たい態度じゃないか」

米原が口の端を上げる。

「旧交を温める、というような関係でもないでしょう」

「そうか？　無関係、というわけでもないだろ？」

口元に笑みを浮かべてはいるが、その目は笑っていない。

「みゆきと付き合ってるんだって？」

知っていることに驚きはなかったが、あえて肯定する必要も感じなかった。黙っていると、

「呼び捨てにするのは気に入らないか？　いまさらさんづけにもできないだろ」

米原は下卑《げび》た笑いを浮かべた。

「安心しろ、未練はないよ。あんな女、あんたにくれてやる」

「会いたいと言ったのは彼女のことか。だったら――」

腰を浮かしかけると、「違う。あいつのことはいいんだ」とこちらの手を押さえる。

「座ってくれよ。あんたの知りたいことを話す」

もう少し辛抱することにして、とりあえず座り直す。

「あんたが知りたいのは、門奈って奴のことだろ?」

米原はビールを一口含み、言った。

「そいつが重参とされたのはな、一つは、マルガイが殺される前に連絡を取り合ってることだ。メールは削除されてるけど、門奈の履歴は残ってた。一度じゃない。何度か連絡を取り合ってる」

「携帯はなくなっていたと聞いたが」

荒井が口を挟むと、「ああ、知ってるのか」と少し不満そうな顔を見せ、「最近新しく買い替えたばかりだったようだな。古い携帯は家に残ってたみたいだ」と言った。

「もちろん履歴に残ってた相手は他にもいるがな。門奈だけ行方が分からない」

門奈が被害者と連絡をとっていた。それが事実とすれば、警察が事情を聞こうとするのは当然だった。

「それともう一つ」

米原はビールの泡がついた口で続けた。

「目撃者がいるんだ。いや、もちろん犯行現場を見たわけじゃない。事件のあった夜、あの辺りを回っていた民間パトロールが、不審な人影を見かけたっていう程度の話だ。だがその時、そのパトロール員は相手を呼び止めたらしいんだな。しかし向こうは振り向きもしなかった。声が届かない距離じゃなかった。単に無視したのかもしれんが、全く反応がなかったっていうんだ。『そいつは耳が聴こえなかった可能性もある』っていうのが捜査本部の読みだ」

それ自体は推測の域を出ない。だが、捜査本部が門奈を重参として絞り込んでいく過程は理解できた。

「いずれにしても状況証拠だからな。逮捕状《フダ》を請求するまでには至ってない。だが捜査本部も焦ってる。指名手配をかけるのも時間の問題かもしれない」

米原はそこで言葉を切り、ビールを飲み干した。

荒井は訊いた。

「知ってるのはそれだけか?」

「それだけとは言ってくれるな」米原が気色《けしき》ばむ。「捜査情報を部外者に漏らしてるんだぜ。それがどんなことかはあんたには分かるだろう?」

「分かった。感謝する」

立ち上がった荒井に、米原が言った。

「美和は、元気か」

そうか。こいつの狙いは、みゆきではなく——。

「でかくなったろうな……もう何年も会ってないんだ」

急に同情を誘うような口調になった。

「俺に言われても困る」

財布を出し、千円札を一枚テーブルの上に置いた。米原はそれを無視し、言った。

「美和に会えるよう、段取りしてくれないか」

「そんなことできるわけがない」言下に答える。「会いたいなら自分で会いに行け」

「会わせてもらえないんだよ。あいつの許可なく会えないって、そう決められちまったんだ。親が子供に自由に会えないなんて、ふざけてると思わないか？」

その原因をつくったのは誰なんだ、と出かけた言葉を飲み込み、

「それは俺には関係ない。当事者同士で話し合ってくれ」

と背を向けた。

「あんただって、もう当事者なんじゃないのか？」

背後から米原の声が飛んできた。

「そっちの頼みはきいた。今度はあんたが俺の頼みをきく番だ！」

しつこく投げられる言葉を振り払って、ドアを閉めた。

店を出たところで、携帯電話が振動した。

ディスプレイを見ると、「菅原」の名前が表示されている。緊急用にとフェロウシップが支

給した携帯に、荒井の番号も登録されているのだ。

折り返そうとして、電話などしても意味がないことに気づく。連絡はメールでと伝えてはあったが、使い方を覚え切れなかったのだろう。

今から向かえば練馬までは二十分とかからない。荒井はＪＲの駅に急いだ。


チャイムを鳴らすと、待っていたのか、すぐに菅原が現れた。

〈どうしましたか?〉

尋ねると、困った顔で奥の部屋へと誘導する。

部屋は電気が点《つ》いていなかった。キッチンから漏れる明かりの中、菅原がしきりに上を指さし、首を振る。電気が点かない、と言っているのだろう。

スイッチのオンオフを繰り返してみたが、確かに点かない。電球が切れてしまったのだろう。替えの電球は探せたらしく、ローテーブルの上に出ていた。

〈自分で電球を替えることができない?〉

訊くと、足を踏む動作をする。なるほど、部屋の中を見回しても椅子や踏み台のようなものはなかった。

〈新藤さんには連絡しましたか?〉

菅原は首を振った。彼にも遠慮があるのだろう。通訳である荒井の方が連絡しやすかったのかもしれない。

一晩真っ暗では菅原も不自由だろう。踏み台を買ってもいいが、それらしき店はもう閉まっている……。

しばし思案し、部屋を出た。同じアパートの住人に借りられないか頼んでみよう、と思ったのだ。

右隣から順番に、部屋を見ていく。時間が遅いせいか、どの部屋も暗かった。

唯一明かりが漏れているのは、いつかコンビニの袋を提げた女性が入って行った二つ隣の部屋――202号室だ。新藤はああ言ったが、やはり住人はいるのだ。

表札は出ていなかった。迷ったが、とりあえずチャイムを押してみることにした。

しばらく待っても反応はなかった。

留守か。諦めて踵《きびす》を返しかけた時、ドアが薄く開いた。いつか見た女性が、窺うようにこちらを見ている。

「遅くにすみません、怪しいものではありません。『フェロウシップ』の関係者です」

しかし女性は、困ったように顔を振ると、ドアを閉めようとした。

そうか、と慌てて手を動かし、手話で同じ言葉を伝えた。

〈手話通訳士なんです。二つ隣の菅原さんのところを訪ねて〉

とも付け加えると、女性は安堵の表情で肯き、ドアを再び開けた。

〈すみません、菅原さんの部屋の電球が切れてしまって。脚立《きゃたつ》か踏み台のようなものはないかと思ってお訪ねしたのですが〉

〈脚立〉や〈踏み台〉が通じるかと不安だったが、女性は、分かったというように肯いた。

〈少しお待ちください〉

女性は、日本手話で言い、部屋の中に戻った。

用事が足りたことに安堵し、ドアの前で待った。菅原の部屋と同じつくりで、玄関のすぐ横にキッチンの窓があった。

中を覗こうなどという意図があったわけではない。半開きになった窓の向こうを横切る人影が見えたので、ふと目をやったのだった。

人影が再び現れ、ピシャリと窓を閉めた。その瞬間、その人物の顔が見えた。

先ほどの女性ではない。小柄な、初老の男性だった。

ドアが開き、踏み台を手に女性が現れた。

〈どうぞ、お貸しします〉

渡された踏み台を受け取りはしたものの、礼をするのも忘れ、茫然《ぼうぜん》とその場に立ち尽くした。

一瞬のことだったが、荒井の眼ははっきりと窓を閉めた人物の顔をとらえた。

荒井の様子に不審を覚えたのか、女性の表情が変わった。慌てたように部屋に引っ込み、ドアをバタンと閉じた。

しばしその場から動けなかった。まだ信じられない思いだった。

十七年経ってはいたが、見間違えるはずもない。

それは、門奈哲郎その人だった。

第七章　再会

なぜ、あそこに門奈が――。

自宅に戻ってからも、そのことで頭がいっぱいだった。もう一度あの部屋に行って確かめてみようかとさえ思ったが、何とかその衝動を堪《こら》えた。

もしあれが門奈だとしたら――いや、十中八九間違いない――軽はずみな行動は禁物だ。慎重に対応しなければ。

あの場では予想外の遭遇に動転してしまったが、落ち着いて考えてみれば、さほど意外なことではない。

そもそもあの「寮」は、刑務所を出所したものの高齢や障害のために自立が難しい者を支援するためにあるのだ。まさしく門奈はその条件に当て嵌《は》まる。もっと早くその可能性に気づくべきだったのだ。

問題はこれからだ。さて、どうする――。

思案しているところに、チャイムが鳴った。

続いて、鍵を開ける音。

合い鍵を持っているのはみゆきしかいない。今日来る予定はなかったはずだが、と思いながら迎えた。

「よっこいしょっと」

ぱんぱんに膨らんだスーパーの袋を両手にぶら下げ、みゆきが現れる。

「なんだ、来たのか」

「ああ、いきなりごめんなさいね。いなかったらいないでいいと思って。ご飯はすんだ？」

そういえば、まだだった。そう答えると、「じゃ、なんかつくるね」とスーパーの袋を持ってキッチンに消える。

いつもに比べて口数が少ないのは、何か屈託がある証拠だった。連絡もせずに来るのも彼女らしくない。

「どうした？」

手際良く料理を始めた背中に、少し距離を置いて尋ねた。

「どうしたって？」

「何かあった？」

「……そっちこそ、何かあった？」

「うん？」

「最近、連絡ないから」

「最近って」思わず苦笑する。「ここ二、三日のことだろう」

「そうだけど」

その声に棘《とげ》がある。女のカンというやつか。実際、米原から電話があってから、連絡がとりにくかった。奴とのことは言わないつもりだったし、向こうの意図が分かった今ではなおさらだ。

「何もないよ」

努めて平静な声を出した。

「ちょっと仕事でトラブルがあってね。あまり楽しい顔もできないから連絡を控えてただけだ。心配させて悪かったな」

「……そう。だったらいいけど」

そう答えたが、こちらを振り向かないところをみると納得していないのだろう。

それ以上押し問答を続けるわけにもいかず、「来てくれてちょうどよかったよ。腹減った」などと呑気《のんき》さを装ってリビングに戻った。


テーブルを挟んで向かい合った頃にはまだ角《かど》かどしかったみゆきの表情も、食事を共にするうちに次第に柔らかいものになっていった。

「私もいろいろ考えちゃってね」

食後のお茶を口にしながらみゆきが言い訳するように言う。

「何を?」

「最近、しょっちゅう美和に付き合わせたり、お母さんにも会わせたりしてるでしょ。そういうのが重荷になったりしてるのかなって」

「そんなことはないよ」

「そう？」

「ああ、別に気にしてない。考えすぎだよ」

「だったらいいけど……まあ、少しは気にしてほしいっていうのもあるけどね」

最後の方は冗談口調になったことにホッとする。

その時、再びチャイムが鳴った。

みゆきの眉間に皺《しわ》が寄った。

「こんな時間に、誰？」

「いや」首を振ったが、何となく予感があった。

「もしかしたら、仕事の……」

言い残して、玄関に向かう。

ドアを開けると、やはりそこには、瑠美と新藤の姿があった。

「夜分に突然すみません。今、ちょっとよろしいですか？」

二人の表情は、いつになく硬いものだった。「どうぞ」と招き入れる。三和土《たたき》にあった女性物の靴に気づいた瑠美が、「ご来客中では？」と遠慮がちな声を出した。

「いえ、構いません。どうぞ」

促し、先にリビングへ向かう。みゆきはもう立ち上がりテーブルの上を片付けていた。

「お仕事の？」

「ああ、今仕事をもらっている会社の方で――」

「お茶淹《い》れるわ」

キッチンへ向かうみゆきを「いや、いい」と制した。

「悪いが、今日は……」

みゆきの顔が強張《こわば》った。自分が帰れと言われるとは思っていなかったのだろう。

「ちょっと面倒な話になるから。すまないけど」

「……分かった」

納得した顔ではなかったが、バッグを持って、玄関に向かった。

リビングの入口で佇《たたず》んでいた瑠美たちとすれ違う形になる。

一瞬、瑠美とみゆきの視線が交錯したように見えた。瑠美が一礼すると、みゆきも小さく頭を下げた。

みゆきが去り、ドアが閉まる音がしたところで、荒井は小さく息を吐いた。

「すみません、ご来客中に」

瑠美が再び頭を下げる。

「連絡を入れてからくれば良かったのですが」

「いえ、大丈夫です。どうぞ」

ダイニングテーブルの椅子をすすめ、キッチンへ向かう荒井を「あ、お構いなく」と新藤が制する。「すぐに失礼しますから。ちょっとだけ、お話よろしいですか」

「はい」

荒井は、二人の向かいに腰を下ろした。

「――今日、202号室をお訪ねになったとか」

口を切ったのは新藤だった。表情と同じぐらい硬い声だった。

「ええ」

荒井は肯《うなず》いた。

「突然失礼かとは思いましたが、やむを得ない用がありまして」

「それについては202号室の住人の方――加藤《かとう》さんとおっしゃるんですが、その方から聞きました。今日のことは仕方がありませんが、それぞれ事情がある方たちが暮らしているので、今後は勝手な訪問はお控えください」

いつになく厳しい物言いに、「分かりました。申し訳ありませんでした」と頭を下げる。

いいえ、と肯いた新藤は、それ以上何も言わない。

「ご用件は、それだけですか？」

「ええ」新藤がちらりと瑠美の方を窺《うかが》う。「それでは、私たちはこれで――」

正面突破を試みることにした。

「加藤さん、というのは偽名ですよね？」

腰を浮かしかけた新藤の動きが、止まった。

「いえ……そんな、そんなことはありませんよ」

答えながらその目が泳いでいる。明らかに嘘と分かった。

「202号室にいらっしゃった男性が、以前お会いした方に似ているんです。門奈哲郎さんという方です」

新藤がハッと息を吞み、瑠美の方を見た。

瑠美は荒井のことをまっすぐ見つめている。その視線を動かさず、彼女が言った。

「荒井さんは、その門奈さんという方とは、いつ、どこでお会いに？」

「もう十七年も前のことです」

荒井も瑠美を見返した。

「私がまだ警察にいた頃のことです」

その言葉に新藤が反応を示した。荒井が警察にいたということに驚いているのかもしれない。

だが新藤の狼狽《ろうばい》ぶりはそれだけではない気がした。

彼女たちは門奈哲郎がどんな人物であるかを知っていて、あの部屋に匿《かくま》っているのだ。

「何かの間違いです」新藤が上ずった声をあげた。「あの方たちは加藤さんという――」

「新藤さん」瑠美の声は落ち着いていた。

「もういいです。荒井さんにはすべてお話ししましょう」

「でも――」

「荒井さん」

再び瑠美の眼が荒井をとらえる。

「確かにあの部屋に今住んでいるのは、門奈哲郎さんとそのご家族です。しかし、このことは是非ご内密に願いたいのです。特に警察には」

「——事情をお聞かせください」

「はい」

瑠美は肯いた。新藤も弱々しく腰を下ろす。

「警察にいた頃にお会いになっていらっしゃるということは、十七年前の事件についてはご存じですね？」

瑠美の言葉に、荒井は黙って肯く。

「恐らくその事件のせいでしょう。門奈さんは今、ある事件について警察に疑われています。全く身に覚えがない出来事について」

「身に覚えがないのなら、警察にそう言えばいいのではないですか？」

「彼らにそれが通用しますか？　それを一番ご存じなのはあなたなのでは？」

荒井のことを見つめ、瑠美は続けた。

「もちろん、逮捕状が出たり、正式に出頭要請があったりした場合には、こちらも対応は考えます。しかし、今はそういう段階ではありません。ならばこちらから名乗り出る必要はない。違いますか？」

それは確かにその通りだ。しかし。

「なぜ私にこのことを?」

分からなかった。

当初新藤がそうしたように、あれは門奈ではないと言い張り、余計なことは外に漏らすなと釘を刺しさえすればいい。

彼女はなぜ自分にここまで打ち明けるのか。

「事実があなたのおっしゃる通りだとしても」

荒井は言った。

「やはり警察に出頭すべきだと私が判断するかもしれない。いや、そう考える方が普通でしょう。なのに、なぜここまで私に話すのですか」

「それは、あなたが、荒井さんだからです」

「……どういうことです?」

「『オンブズマン埼玉』の高畠《たかはた》弁護士とは、古くからの知り合いなんです。以前から荒井さんのお名前は高畠弁護士から聞いて知っていました」

オンブズマン埼玉。その名には心当たりがあった。

「全国警察組織三十万人を敵に回して戦った荒井尚人は、安易に権力になびくことはしない。そう高畠さんはおっしゃっていました」

全国警察組織三十万人の敵――。

その言葉が、警察を辞めるキッカケとなった四年前の出来事を否応《いやおう》なしに思い出させた。

「ちょっとここに数字を入れてくれないか」

警察に勤め出してすぐの頃、荒井は会計課の職員から白紙の領収書を渡された。

「使えない領収書を持ってくる奴がいて困るんだよ、頼むよ」

懇願《こんがん》され、言われるままに金額と但し書きを入れた。

それから何度か同じことがあった。金額は四、五千円か、せいぜい一万円ぐらいのものだった。先輩職員の困った顔を見れば、いけないことだと知りながらも断ることはできなかった。目くじらを立てるほどのことではない、と自らを納得させていた。

だが、いくつかの部署を異動し、キャリアを積んでいくにつれ次第に分かってきた。

その小さな不正は、遙か以前から警察組織全体をあげて行われていた大規模な「裏金づくり」の一環だったのだ。

警察の予算は、警察庁、都道府県警を通じて警察本部の各部署や各警察署へと配分される。捜査費に出張旅費、食糧費に物品購入費……。警察では、それらの公費から少しずつ金を抜き「裏金」として集約する、というシステムを長年かけてつくりあげていた。

カラ出張や架空接待の書類をでっち上げることもあったが、一番簡単なのは、やはり捜査費という名目の偽の領収書の作成だった。一枚一枚は大した金額ではないから捜査員だけでは足りない。従って他の部署の警察官や荒井たち事務職員にも及ぶのだった。

もちろん、それは「私文書偽造」というれっきとした犯罪だ。詐欺や横領になる可能性もある。だが、断ることはできなかった。断れば「非協力者」として職場にいられなくなる。それは、警察官とて事務職員とて同じことだった。

それでもまだ、自分が領収書を書く立場だった頃は何とか我慢できた。そうやってつくられた裏金がどのように使われるのか。噂では、幹部の飲み食いや遊興費、退職や異動の際の餞別《せんべつ》などに充《あ》てられるということだったが、いずれにしても事務職員がその恩恵を受けることはなかった。自分たちには関係のないこと、と良心に蓋《ふた》をすることができた。

そうはいかなくなったのが、県警本部から狭山署に戻って会計課の主任となった時のことだった。

荒井はそこで、裏金づくりの「実働部隊」という立場に置かれてしまった。

指揮をするのは「金庫番」である副署長だったが、とりまとめるのは会計課であり、実際にその作業を行うのは主任である彼の役目になったのだ。

本部から振り込まれた公費の引き落としから始まり、必要な経費だけ残した上での本部へのバック、幹部への上納。そして職員の一人一人に偽の領収書を書いてもらうこと。それらはみな、荒井の仕事になった。

不正に加担している、という思いが日増しに募った。

信頼できる幾人かに、それとなく相談してみたこともある。偽領収書について疑問を抱いている者は、彼以外にもいないわけではなかった。噂では、偽領収書づくりを拒否している警察官もいるらしかった。

だがそういう警察官は、組織不適合者を指す㊍《マルフ》扱いとなると噂された。

一度、㊍の烙印を押されると、人事で徹底的に干され、所轄間をたらい回しにされた挙句に昇進の道も断たれるという。それを恐れてか、誰もがその話題になると口をつぐんだ。

テレビの報道番組と地方新聞が警察の裏金問題の告発を始めたのは、そんな頃のことだった。いくつかの都道府県警が内部調査をやむなくされ、その結果、ついに北海道警が組織として初めて裏金の存在を正式に認め、陳謝する、という事態になった。それを皮切りに、全国の警察で裏金の存在が次々と表面化していった。埼玉県警だけが例外でいられるわけはなかった。

同じ頃、「オンブズマン埼玉」の弁護士たちが県警の裏金について調査を始めたという噂を耳にした。匿名で内情を告発する者はいたようだが、決め手に欠けているようだ、とも。

荒井は悩んだ。これ以上不正を続けていくことには耐えられない。せめて噂の㊍警察官と話ができれば、と思ったが、叶わぬことだった。

葛藤した挙句、覚悟を決めた。

「オンブズマン埼玉」の高畠弁護士に連絡を取り、裏金づくりの事実をすべて打ち明けた。さらに、世間に事実を信じてもらうためには匿名では説得力に欠ける、と促され、実名での告発を承知した。

荒井の告発は、一大センセーションを巻き起こした。

すぐに外部の有識者による第三者委員会が設置され、その調査の結果、近々の六年間だけでも物品の納入を装い業者に金をプールさせるなどして警察本部全体で十四億円もの不正な会計処理があったことが判明した。連日新聞紙面を賑わせる事態となり、責任を取って本部長以下幹部数人が辞任し、以後裏金の一切の禁止が新しい人事とともに表明された。

県警はこうして浄化されたが、荒井はすべての警察官から裏切り者と見なされ、疎《うと》まれる存在となった。

もちろん告発を理由に首を切ることなどできなかったが、その代わりに一切仕事が与えられなくなった。荒井は毎日変わらず出勤したが、部屋の片隅に机を一つ与えられただけで、話しかけてくる者さえいなくなった。

いや、一度だけ味方らしき相手から電話をもらったことがある。

——この借りは、いつか必ず返す。

それだけ言って電話は切れた。どこかで聞いた声のような気がしたが、思い出せなかった。励まされるような電話はその一本きりで、他はすべて嫌がらせや罵倒の電話が昼夜の別なく続き、さらには自宅に毎日のようにマスコミが押しかけ、ノイローゼ状態になった千恵美は実家に身を寄せた。

それから半年ほど辛抱した後、荒井は辞表を提出した。

その間一度も戻ってこなかった妻から離婚届が届いたのは、数日後のことだった。

日曜の午後、荒井はみゆきと美和の三人で、手塚家の前にいた。

名高い高級住宅街の一角に聳《そび》えるその屋敷は、周囲の邸宅と比べても存在感が際立っていた。巨大な門の四方には防犯カメラが備えられ、三メートルはあろうかという高塀はどこまでも長く続いている。その威容に圧倒されながらインターフォンに向かって来意を告げた。

今日は瑠美の両親――手塚総一郎・美《み》ど里《り》夫妻が催す「お茶会」に招かれたのだった。

どう考えても場違いなこの会に出席することを決めたのは、瑠美から「両親を紹介したいので是非」と乞われたからでもあったが、「どなたかご同伴者がいらっしゃればご遠慮なく」と言われた時、みゆきのことが頭に浮かんだからだった。

あの夜から、彼女には会っていなかった。翌日に出した詫びのメールにも「別に気にしてないから」とそっけない返事があっただけで、以来荒井の部屋を訪ねてくることはなかった。そうそう経験できないセレブのティーパーティへの同伴が、関係修復のいい機会になれば、と思ったのだ。

瑠美に返事をする直前に、美和も連れていくことを思いついた。子連れはどうかという懸念もあったが、瑠美は「他にもお子様連れの方はいらっしゃいますから。ご遠慮なくどうぞ」と歓迎の声で応えてくれた。

普段は着ない膝上丈のシックなワンピースにヒールの高い靴、というスタイルで緊張気味に立っているみゆきのことをちらりと見た。

誘った時こそ「なぜ私たちが」と渋る様子を見せた彼女だったが、やがて当日の服装などについて頻繁《ひんぱん》にメールが入るようになった。目の前でみゆきに手を引かれている美和も、精一杯のおめかしをしてもらったようで嬉しそうに何度も荒井のことを見上げていた。

門が、厳《おごそ》かに開いた。

新緑に囲まれた長いアプローチを三人で歩く。

「お待ちしておりました」

玄関まで迎えに出たのは、清楚なワンピース姿の瑠美だった。

普段のラフな恰好とは違うその姿に、彼女が天下の手塚家の令嬢であることを改めて思う。

屋敷の中に入ってからもその豪奢な内装にいちいち驚きながら、ようやく会場である応接間に入った。洋風の庭園を望むその広間では、数名の先客を相手に、手塚夫妻が手ずから紅茶を淹れているところだった。

「ようこそいらっしゃいました」

「どうぞこちらへ」

にこやかに迎えられ、先客たちが空《あ》けてくれたソファの端に腰を下ろす。

「あなたが荒井さんですか。娘が大層お世話になっているそうで」

裸一貫から巨大コンツェルンを築き上げた立志伝中《りっしでんちゅう》の人物は気さくに話しかけ、

「世間知らずの子でご迷惑をおかけしていることでしょう。どうぞ助けてやってください」

傍《かたわ》らの夫人も丁寧に頭を下げた。

総一郎が高名なのはもちろん、美ど里も慈善家として知られていた。瑠美の活動もこの母の影響が大きいことは想像がついた。

からだが沈んでいきそうなソファの座り心地や、手にした見るからに高級そうなティーカップを割らないようにと気を取られるばかりで、わざわざ茶園を指定し取り寄せているというダージリンティーの味など少しも分からない。

みゆきはと見れば、最初こそ落ち着かない様子だったものの、雰囲気に慣れるにつれ、他の招待客ともそつなく会話を交わすようになり、滅多に味わえない贅沢な時間を満喫しているようだった。

一抹の不安を感じていた瑠美への対応だったが、先日の対面などなかったように「ご婚約されたそうで、おめでとうございます」と祝いの言葉を述べるその姿には拘泥《こうでい》は感じられず、荒井を安堵させた。

美和も、瑠美に同じ年恰好の子供たちを紹介してもらっていた。最初はおずおずという感じだったが、今では輪の真ん中ではしゃいだ声をあげている。

荒井とみゆきの前に、一見して高級ブランドのものと分かるスーツを上品に着こなした青年が立った。

「半谷と言います。お名前はかねがね」

瑠美の婚約者である衆議院議員に違いなかった。

さわやかな笑顔で握手を求めてくるのに応え、離れようとすると、半谷が「少しいいですか」と引き止めた。

「実は荒井さんに、折り入ってお頼みしたいことがあるんです。後日、連絡を差し上げてよろしいでしょうか？」

「構いませんが……私に頼みというのは」

「お会いした際に詳しくお話しいたします。今日は楽しんでいってください」

再び完璧な笑顔を浮かべた半谷から離れると、みゆきがホッとしたように息を漏らした。

「偉い人と話すのは緊張しちゃう」

「お疲れさん。挨拶はこれでおしまいだから」

「それにしても尚さん、ずいぶんと頼りにされているのね。何だか見直しちゃった」

みゆきには「フェロウシップ」との付き合いを、経理も含めた事務仕事の手伝いをしていると説明しただけだったから、意外に思うのも無理はなかった。荒井にしても、瑠美の両親や婚約者が自分の名を知っているのは意外だった。

その後は「お客さん」に徹し、パーティの雰囲気を堪能《たんのう》した。

二時間ほど過ごし、そろそろ暇《いとま》を告げようとした時だった。

美和をトイレに連れていったみゆきを手持無沙汰に待っていると、瑠美がすっと近づき、耳元で囁《ささや》いた。

「明日、夕方五時、寮に来てください。『彼』に会わせます」

翌日、約束の時間に寮を訪れた。202号室のチャイムを鳴らすと、すぐにドアが開き、新藤が顔を出した。

「どうぞ」

中に入ると、先日会った女性がキッチンで飲み物の準備をしていた。荒井を見て、軽く会釈《えしゃく》をする。荒井も一礼してから、改めて女性の横顔を見つめた。

端整な顔立ちではあったが、化粧気が全くないのと常に控え目な態度が印象を薄くしていた。その横顔にあの少女の面影を探してみたが、見つけることはできなかった。年恰好を考えても、姉の方ではないかと思えた。

妹とも今日、会えるのだろうか——。そう考えると、不思議に胸が騒いだ。

「こちらの部屋へ」

新藤に促され、奥の部屋に続く戸を開けた。

カーテンが引かれた薄暗い部屋の中、瑠美がいた。そして彼女と向かい合う恰好で、一組の初老の男女が座っていた。

瑠美が、荒井に向かって言った。

「門奈哲郎さんと、奥さんの清美《きよみ》さんです」

男が顔を上げ、こちらを見た。

髪はほとんど白髪になり、顔に刻まれた皺も増えてはいたが、十七年前に取調室で対面したあの人物に間違いなかった。

娘が飲み物を運んできて、再びキッチンに戻る。下の娘の姿はいまだ見えなかった。

「日本手話で会話して構いませんね？」

瑠美に確認し、荒井は門奈の前に座った。

両手の甲を合わせ、それを左右に離した（＝お久しぶりです）。そして、続けた。

〈私のことを覚えていますか？　十七年前、警察であなたの通訳をしました〉

〈覚えています〉

門奈は深く肯き、手と顔を動かした。

〈面会の通訳をしてくれました。おかげで、家族と会うことができました。あの時のことは忘れていません。感謝しています〉

〈感謝されるほどのことはしていません。警察の取り調べはひどいものでした。それを、当時の職員の一人として謝罪したいと思います〉

〈あなたに責任はありません〉

荒井は首を振った。

確かに一事務職員に過ぎなかった自分に取り調べの責任はないかもしれない。だが、それを目の当たりにしながら自分が何もできなかった、いや、しなかったことも事実なのだ。面会の通訳を買って出たことなど、ただのおためごかしだ。

〈警察は、今もまた、あなたに疑いをかけているようです〉

荒井は尋ねた。

〈先月に狭山で起こった事件のことはご存じですね？〉

門奈は肯く。

〈単刀直入にお伺いします。能美和彦が殺害された事件に、あなたは関与していますか〉

一瞬、門奈の顔色が変わった。

隣にいた新藤もその意味を読み取れたのか、「荒井さん――」と非難の声をあげる。

荒井は、黙って門奈を見つめていた。門奈は元の平静な表情に戻り、手と顔を動かした。

〈何も関与していません。私は事件と関係ありません〉

〈分かりました。失礼なことをお訊きしてすみませんでした〉

荒井が頭を下げると、門奈は黙ったまま肯いた。

新藤がホッとしたように息をつく。瑠美の表情は終始変わらなかった。

〈もういくつかお尋ねしたいことがあります。その一つ。警察では、殺された和彦が事件の前にあなたと接触している、と考えているようです。それは事実ですか?〉

〈接触している……会っているか、ということですか?　会っていません〉

〈連絡は、とった?〉

門奈は首を振った。それでは、米原の言っていることは誤りなのか。

〈実は、ある警察関係者から、事件前に被害者とあなたがメールで連絡をとっていた事実がある、被害者の携帯にその履歴が残っている、と聞かされました〉

門奈の顔色が、再び僅《わず》かに変わった。それを確かめた上で、改めて尋ねた。

〈もう一度お訊きします。事件前に、被害者と、連絡をとりましたか?〉

ためらいがあった。

やがて、門奈がこくりと肯いた。

〈連絡をとった、ということですね〉

〈はい、連絡をとったのは、私です〉

妙な言い方が少し気になったが、話を先に進めた。

〈何のために、です?〉

〈向こうから連絡をしてきたのです。会いたい、と〉

〈どんな用件で?〉

〈それは分かりません。メールには用件までは書かれてませんでした。ただ、大事な話があるから会いたい、と〉

〈しかし会わなかった?〉

門奈は肯いた。だがまだ、「目撃者」の件が残っていた。

〈事件があった当夜、四月二日の夜ですが、事件現場の公園に行っていませんか?〉

答えは即座に返ってきた。

〈行っていません〉

〈間違いありませんね〉

門奈は、不服そうに、しかし強く肯いた。民間パトロールが目撃したという人物のことを口にするのは控えた。それがろう者であったかは推測に過ぎない。

〈事件当夜、あなたはどこにいましたか?〉

「荒井さん」

新藤が、再び抗議の声をあげた。

「もうすぐ終わります。彼らを守るためにも、事実を知っておくことが必要なんです」

「でも、これじゃあまるで――」

尋問のようだと言いたかったのだろう。だがそれを瑠美が制した。

「どうぞ、続けてください」

肯き、再び門奈に向かった。

〈事件当夜、あなたはどこにいましたか？〉

〈家にいました。ずっと〉

〈家というのはこの部屋ではなく？〉

〈ここに来る前に住んでいたアパートです〉

〈それを証明してくれる人はいますか？〉

〈妻と、娘と、ずっと一緒にいました〉

家族の証言だけでは信用性が低いと思いながらも、何げなく尋ねた。

〈娘さんは、お二人とも一緒に？〉

門奈が、虚を突かれたような表情になった。

見ると、隣にいる妻の口もかすかに開いている。

手話が伝わらなかったのかと思い、繰り返そうとした時、門奈が手を動かした。

〈娘は、一人です〉

え？　今度は荒井の方が戸惑う番だった。

そんなはずはない。十七年前のあの時、確かにもう一人――。

手を動かしかけて、ハッとした。まさか、あの娘は、亡くなったのか……？

もう一度門奈の表情を見た。今までとは打って変わって強張ったものになっている。妻の顔もまた、同じだった。

そうだったのか。訊いてはいけないことを聞いてしまった。

〈すみません。私の思い違いだったようです〉

取り繕いはしたが、その後も門奈は硬い表情を崩さなかった。

それ以上、話すことはなかった。

礼を言って部屋を出ようとした時、門奈がこちらに向けて、肩の上で右手を握っては開く、という仕草《しぐさ》を何度かした。

荒井は頭を下げたが、ともに出ようとしていた瑠美は、気が変わったように部屋に戻った。

「荒井さんは、門奈さんを疑っているんですか」

背後から聞こえた非難の声に、振り返った。新藤が硬い表情で立っている。

「そういうわけではありません。確かめたかっただけです」

「もうこれで気はお済みに？」

新藤と問答する気はなかった。それより、今知ったばかりの事実にショックを受けていた。

「下の娘さんが亡くなっていたとは知りませんでした。いつのことです？　ご病気か何かで？」

え？　と新藤が訝《いぶか》しげな顔になる。

「門奈さんの娘さんは一人ですよ。先ほどもそうおっしゃっていたじゃありませんか。さっき部屋にいた『幸子《さちこ》』さんという方お一人」

「いや、そんなはずはないんです。私は十七年前に、確かに二人の娘さんに会っています」

勘違いのしようがない。

あの時の眼。そして手話――。

年齢から考えれば、今は二十代半ばから後半になっていることだろう。幸子という女性はそれより少し上に見える。

「そんな話は聞いたことがありませんが……」新藤が首をひねる。

「亡くなった、ということは聞いてないんですね」

「いえ、そもそも娘さんが二人いた、という話自体聞いたことがありません。最初から、幸子さんを一人娘だと紹介されました」

「そんなはずはないんです。すみませんが確かめてくれませんか」

新藤は、不服そうな顔をした。

確かに新藤にしてみれば、なぜそんなことが気になるのか、という気持ちだろう。しかし、荒井には大事なことだった。

あの時の、あの娘との「会話」がなければ、ここまで門奈にこだわることもなかったはずだ――。

アパートに戻った途端、携帯が振動した。ディスプレイには、見たくない名が表示されていた。迷ったが、通話ボタンを押した。

「新しい情報だ」

前置きもなしに米原は言った。

「マルガイは、事件の一ヶ月ほど前から行動に変化があったようだ。急に機嫌が良くなり、金の入る当てができたようなことを言ったり、そわそわと落ち着きがなく、不機嫌になったり……目的不明の外出も多くなっていて、妻は浮気を疑っていたらしい。捜査本部では『金の当て』という点に注目している。経営する施設はここ数年入所者が減って、資金繰りに困っていたようだからな。動機は金銭がらみじゃないか、というわけだ」

経済的困窮。金の入る当て。不安定な態度――。

和彦は、何をしようとしていたのか。誰と会っていたのか。それが究明できれば事件の解決の糸口になるのは間違いない。

だが、そうだとしたら、むしろ門奈の容疑は晴れるのではないか。誰が見ても、門奈に経済的なゆとりがあるようには見えない。

いずれにせよ、門奈の無実を証明するにはアリバイの確認が先決だった。

「マルガイの死亡推定時刻は分かるか」

「調べてみようか」

「頼む」

「構わないさ。ところで、こっちの頼みだがな。来週の日曜は非番なんだ。娘を連れだしてほしい。もちろん、あいつは抜きでな」

「そんな約束はできない」

「おいおい、人に頼みごとばかりして、虫の良いことを言うなよ。次の日曜だ。時間は、そうだな、二時頃。場所はまた連絡する。それまでにはそっちのほしい情報も仕入れておくさ。ギブ・アンド・テイクっていうやつだ」

似合わぬ横文字の言葉を残して、米原は電話を切った。


「半谷雅人の秘書」と名乗る男から突然電話が掛かってきたのは、翌日の午後のことだった。

「半谷が一度お目にかかりたいと申しております。是非お時間をつくっていただけませんか」

関西なまりの声で、小西《こにし》という秘書はそう告げた。

確かにパーティの時にそれらしきことは言っていたものの、本当に連絡があるとは思っていなかった。

困惑したが、「できれば早い方が」とせっつかれ、予定をすり合わせて木曜の昼に食事を共にすることになった。

指定されたのは、赤坂《あかさか》にある老舗《しにせ》蕎麦屋だった。

約束の時間にのれんをくぐると、店員より先に入口近くに立っていた三十代のスーツの男が近寄って来た。

「荒井さんですね？　お電話では失礼しました。半谷の秘書の小西と申します」

案内された個室で供された緑茶を口にしていると、半谷が姿を現した。

「すみません、お待たせしました」

紺のスーツを端正に着こなした新進政治家は、ネクタイもゆるめず「お茶会の時はろくにお話もできず失礼しました」と涼しい顔を向けてくる。

「いえ、こちらこそ」

蕎麦と併せて「一杯ぐらいいいでしょう」と半谷が注文したビールを注ぎ、グラスを合わせた。

「荒井さんは以前、警察にお勤めだったとか」

「よくご存じで。警察官ではなく事務職ですが」

「ええ」

肯いたところを見ると、それも承知しているのだろう。となれば、荒井が警察を辞めたわけも先刻承知か。

与党ではリベラル派に属していると聞いてはいるが、議員とて特別職の国家公務員。組織に楯ついた荒井のことを一体どう思っているのか。笑顔を絶やさぬその顔から窺い知ることはできなかった。

「あなたなら信用できると判断し、お頼みしたいことがあるのです」

他愛ない世間話を交わした後で、半谷はそう切り出した。

パーティの際もちらりと言っていた「頼みたいこと」。それは一体何なのか。

「瑠美のことです。彼女の身辺に、最近何か妙なことが起きていないか、それを調べてほしいんです」

「手塚さんの身辺に――」

思いがけない頼みだった。

「何か妙なこと、というのは……。ご心配になるようなことが、何かあったのですか」

「具体的に何かがあった、というわけではないんです」

今までの口調とは打って変わって歯切れの悪いものになった。

「ただ、最近、急にふさぎこんだり、こちらの言うことに上の空だったり、ということがたびたびあって……。そう、この数ヶ月のことです。それまでは、全くそんなことはなかった。本当に太陽のように明るい人だったんです」

「手塚さんに直接お訊きには」

「もちろん訊きました。何か悩んでいること、困っていることがあるのだったら話してほしい、と。でも」

半谷はそこで苛立ったように首を振った。さわやかな仮面の下の素顔が垣間見えたような気がした。「何もない、の一言です。もしかしたらマリッジ・ブルーかも、なんて笑っていました」

「実際にそうなのでは？」

半谷は再び首を振る。

「その程度のものかどうかぐらいは分かります。彼女は、何かの問題を抱え、悩んでいる。苦しんでいると言っていいかもしれない。それが何なのか、私は知りたいんです」

そう言って、こちらに身を乗り出した。

「変な頼みと思われるかもしれませんが、他に頼れる人がいないのです。興信所のようなところには頼みたくない。かといって、誰でも探れるというものでもない。彼女の近くにいて、怪しまれず、調査能力のある人物――そんな人物はいないかと探していたところに、あなたが現れた、というわけです」

半谷の言うことは理解できた。同時に、調べるまでもないかもしれない、とも思う。

瑠美が現在問題を抱えているとしたら、菅原や門奈のことと無関係ではあるまい。彼らの不幸をそのまま自分の不幸と受け止めてしまう。それが彼女の陰りの原因であるに違いない。

しかも、今後の展開によっては、法律に反することに手を貸すことになるかもしれないのだ。そんな事態に婚約者を巻き込みたくないのだろう。

さらに言えば、自分とて部外者ではないのだ。スパイを務める立場ではないことは明らかだった。

「申し訳ありませんが」荒井は頭を低くした。「私には任が過ぎるようです。他の人を当たってください」

「――そうですか」

議員の顔に、一瞬大きな落胆が浮かんだ。だがすぐに、

「分かりました。今の話は忘れてください。さあ、食べましょう。うまいですよ、ここの蕎麦は」

箸を取った顔は、現れた時と同じ公人のそれになっていた。


その日の午後は、菅原の障害者手帳を受け取りに福祉事務所に同行することになっていた。フェロウシップから付き添いとしてやって来たのはいつもの新藤ではなく、片貝だった。片貝と会えたのは却《かえ》って幸いだった。彼だったら門奈について新藤以上のことを知っているかもしれない。

手帳の受け取りを終えた帰り道、荒井は片貝に言った。

《門奈さんのことで》《訊きたいことがあります》

門奈の名を聞いて片貝は警戒の色を浮かべたが、すでに瑠美を介し彼らと会っていることを説明すると、《そうでしたか》と肯いた。

荒井は単刀直入に尋ねた。

《門奈さんには》《もう一人娘さんがいるはずです》《ご存じですよね?》
しかし彼もまた、怪訝《けげん》な顔で首を振った。
《門奈さんの》《娘さんは》《幸子さん》《一人だけです》
《今はそうかもしれませんが》
荒井は諦めずに食い下がる。
《昔は》《少なくとも十七年前には》《娘さんがもう一人いたんです》《幸子さんの妹が》
だが片貝は再び首を振った。
《知りません》《いや》《そんなことはありえません》
《なぜ》《そう言い切れるんです》
《私は》《必要があって》《門奈さんの》《書類を見ましたから》
そして、ノートを取り出し、何か書きつけるとこちらに見せた。
そこには、「戸籍謄本」と書かれてあった。
「戸籍謄本を見たんですか」
思わず音声日本語が出た。
《はい》
《そこには》《下の娘さんの名はなかった?》
《そこに載っていたのは》《奥さんの清美さん》《娘の幸子さん》《だけです》《亡くなったり》
《養女に出すなどして》《籍を移った場合でも》《戸籍には残ります》《そんな跡は》《ありませ

んでした》

言葉が出なかった。

妹など存在しない？

自分の勘違いだったというのか……？

荒井は、愕然《がくぜん》としてその場に立ち尽くした。

第八章　消えた少女

　遠方に住む親戚の葬儀の手伝いに行くのでその間、美和を預かってくれないか。みゆきから頼まれたのはその夜のことだった。

　みゆきの母も事情は同じゆえ頼るわけにはいかない。荒井がダメであれば足手まといになっても連れていくしかないのだが……。

　そう遠慮がちな声を出すみゆきに、「美和は承知してるのか」と訊くと、荒井のおじちゃんとだったら二人でお留守番できると言っている、という。頼まれた週末に仕事の予定は入っておらず、断る理由はなかった。

　承知して電話を切ってから、真っ先に頭に浮かんだのは米原のことだった。

　――次の日曜だ。時間は、そうだな、二時頃。場所はまた連絡する。

　米原の言うことを聞く気は、それまではなかった。確かに能美和彦の死亡推定時刻は知りたかったが、美和と米原を会わせるなどみゆきが承知するはずもなく、荒井が奴と会っていたと聞いただけでも激怒することは容易に想像がついた。

　それが、彼女に知られずに米原の頼みを聞くことができる状況が向こうからやってきたのだ。

しかしそれは、彼女を裏切ることにならないか。悩んだが、結局、事件の情報を知りたいという思いの方が勝った。荒井は携帯を取り出すと、米原の番号を表示させた。

土曜日の夕方、美和と一緒にみゆきと母親を送り出し、二日間の「子守り」はスタートした。みゆきが細かくつくってくれたスケジュールは、ほぼ予定通りにこなせた。荒井と二人だけの夜に興奮した美和が就寝時間を過ぎてもおしゃべりを続けるのには閉口したが、その分日曜の朝は起きるのも遅く、荒井もゆっくり休むことができた。

お絵描きの時間は自然に割愛《かつあい》となり、昼食の後は予定より三十分ほど遅れたが「公園での散歩」には連れ出すことができた。

米原とは、ここで落ち合うことになっていた。

「偶然出会った荒井の知り合いを装うこと」「絶対に父親とは名乗らないこと」は事前に約束させた。

「おい、それはないだろ」

電話口で米原は反発したが、「でなければ会わせない」と突っぱねると、渋々承知をした。

公園に入るとすぐに、近くのベンチで今か今かと待ち受ける米原の姿が目に入った。こちらに気づくと、「よお!」と立ち上がる。

もっと自然な近づき方ができないのかと米原に向かって顔をしかめ、美和を背後に回した。

「なーに、どうしたのー」

美和は何事か分からず呑気《のんき》な声を出している。

「偶然だな、後ろにいるのはお前の娘か？」

駆け寄ってきた米原を、「約束が先だ」と制した。

「後で教えるよ。お嬢ちゃん、こんにちは。ちょっとお顔見せてよ」

「ダメだ、今教えろ」

美和は「なーに、かくれんぼ？」と面白がって背後から出ようとする。それを押さえ、「早く」と急《せ》かす。

チッと大きく舌打ちした米原だったが、それでも「マルガイの死亡時間だったな」とメモを開いた。「発見前夜の十一時頃から翌朝二時ぐらいの間っていうのが鑑識の結果らしい」

その時間に門奈が公園には行っていなかったことが証明できれば、アリバイになる。

「これでいいだろ」

米原は美和に向かって、

「美和ちゃんだよね、会ったことあるんだけど覚えてないかな」

と話し掛けた。

「おい」

荒井は気色《けしき》ばんだが、名前を呼ばれた美和が背後から顔を覗かせる。

「みわのことしってるの？」

「そうだよ、久しぶりだな、大きくなったな、みーちゃん」

両手を差し伸べる米原を見てから、不安な視線を荒井に移す。

「だーれ、このひと……?」

「なあ、隠れてないで、こっちに出てきてくれよ。パパとおいしいものでも食べに行こう」

「パパ?」

「おい」荒井は米原を押し返した。「約束が違う。もうここで終わりだ」

それを無視して米原は美和に手を伸ばす。

「それともどっか遊びに行こうか。遊園地がいいかな?　みーちゃん遊園地が大好きだったろう?」

「やめろ!」

米原を制し、美和の手をとって「帰ろう」と踵《きびす》を返した。

その瞬間、握っていた美和の手が離れた。振り向くと、米原が美和を奪い、抱きかかえようとしている。

「おい、何をする!」

「おじちゃ～ん!」

怯《おび》えた顔の美和がこちらに手を伸ばす。米原はそのまま駆け出した。

「馬鹿野郎!　自分が何をしているのか分かってるのか!」

慌てて追い、叫ぶ。

「こわい!　おじちゃん、たすけて!　ママ!」

米原の肩から身を乗り出し、美和が泣き叫ぶ。公園にいた人たちも異変に気づき、何事かとこちらに目を向けた。

「米原！　待て、やめろ！」

幼児とはいえ二十キロはある。必死に走っていた米原だったが、何かに躓《つまず》いたのかふいに前へ倒れ込んだ。咄嗟《とっさ》に駆け寄った荒井が美和を抱き上げる。美和が泣きながら荒井の首に手を回した。

「大丈夫ですか……？　警察を？」

近寄ってきた人から声を掛けられ、倒れ込んだ米原を見た。

「ちくしょう……ちくしょう……」

蹲《うずくま》ったままうめくだけのこの男に、再び襲いかかる気力も体力もないだろう。そう判断し、

「いえ、大丈夫です、身内の揉め事ですので。すみません、お騒がせして」

集まった人々に、頭を下げた。


大変だったのは、みゆきが帰宅してからだった。昼間の出来事から数時間が経ち、すっかり落ち着いたかに見えた美和が、帰ってきた母親の顔を見た途端、「ママ、きょう、こわかったの！」と泣きながら飛び付いたのだ。

「何？　どうしたの？　何があったの⁉」

血相を変えて迫るみゆきに、昼間のうちに考えたストーリーを話した。

公園に入ったら、見知らぬ男が近づいてきて、美和をあやそうとしたこと。抱かせてくれと言ったのを断ったら、無理やり抱こうとしたこと。それで少し揉み合いになったが、すぐに逃げて行ったこと。

「それって変質者じゃない！　警察には通報したの⁉」

「いや、相手も詫びていたし、変質者というような感じじゃなかったから。美和はちょっと大げさに言ってるんだ」

「通報してないの、信じられない――」

今からでも遅くないから署へ行こう、というみゆきを宥《なだ》めるのに苦労した。途中から荒井が怒られていると悟った美和が「おじちゃんはわるくないの、みわをたすけてくれたんだよ。おじちゃんをおこらないで」と加勢してくれ、何とか警察への届け出だけは思いとどまらせた。

だが、美和はもう二度とあの公園には行かせない、あなたに預けることもしない、とすっかりみゆきの信頼を失ってしまった。


そうまでして手に入れた情報――能美和彦の死亡推定時刻を持って、もう一度門奈のもとを訪ねた。

友好的とは言い難い態度の門奈に、再度、事件当日の夜十一時から翌日の二時までのアリバイを確かめる。彼の言い分は同じだった。

その日は一日家族と一緒に家にいた。夜十一時にはすでに就寝していた。それは、家族――

妻と娘の幸子が知っている、と。

その時間に訪問客があったとか、見たテレビ番組とか、はっきり家にいたことを証明できるものはないかと執拗《しつよう》に尋ねたが、門奈は首を振るばかりだった。信用性は低くとも、いざとなれば家族の証言をアリバイとするしかなかった。

〈この間、携帯に履歴が残っている、と言いましたね〉

帰り際、門奈が尋ねてきた。

〈ええ〉

〈どんな内容のメールを送っていたかも分かるものなんですか〉

〈メール自体は削除しても、警察で解析すればその内容は分かると聞いています〉

〈……そうですか〉

〈何か、知られるとまずい内容でも?〉

〈いえ、何もありません〉

門奈は首を振ったが、明らかにその表情は沈んでいた。

——何も関与していません。私は事件と関係ありません。

門奈のその言葉を信じる、という前提に荒井は立っていた。とはいえ、彼の言うことをすべて鵜呑《うの》みにしているわけではなかった。

門奈の話の中には、いくつかの嘘が混じっている。

中でも一番大きな嘘が、下の娘の存在だ。

一体なぜそんな嘘をつかなければならないのか――。

この日も玄関まで幸子が見送ってくれた。辞去しようと顔を向けた時、それまで黙って佇《たたず》んでいた幸子の手が動いた。

〈父の失礼な態度、許してください。父も、荒井さんが私たちの力になってくれようとしているのは分かっているんです〉

〈いえ、失礼なことばかりお訊きしているのはこちらの方ですから〉

〈ありがとうございます〉

そう言って、幸子が僅《わず》かにほほ笑んだ。

初めて見る彼女の笑みだった。それまで控え目な印象しかなかった幸子だったが、その笑みには、人を惹きつけるに十分なものがあった。

もしかしたら、彼女だったら本当のことを答えてくれるのではないか。そう思い、何げなさを装って尋ねてみた。

〈ところで、妹さんはお元気ですか?〉

だが幸子は、一瞬怪訝《けげん》な表情を浮かべたものの、

〈私に、妹はいません〉

さらりと答えた。その表情に、不自然な色はなかった。

〈そうでしたか。すみません、私の勘違いでした〉

その時、誰かが床を踏み鳴らす音がした。

振り返ると、門奈の妻の清美が奥からこちらを見ていた。

右手の親指と他の四指であごを挟むようにして、下げながら指を閉じる、という仕草《しぐさ》を二回してから、〈洗い物はすんだの?〉と言う。

〈今やるわ〉

幸子はこちらに一礼し、部屋の中へと戻って行った。

今清美がした仕草は、(幸せ)という意味の手話だった。恐らく、幸子のことを指す「サインネーム」だろう。

名前に限らず、固有名詞を手話で表現するのは、実は結構面倒なものだ。従って、頻繁《ひんぱん》に使われる「呼び名」に関しては、本名の代わりに簡単に手話で表現のできる「あだ名=サインネーム」が使われることが多い。

荒井の子供時代にも、そういうものはあった。当時はサインネームなどと洒落た言い方はしなかったし、兄は「お兄ちゃん(突き出した中指をあげる)」で、荒井は「チビ(中指を突き出したまま下げる)」という身も蓋《ふた》もないものだったが、それでも家庭内では名前よりそちらで呼ばれることの方が多かった。

寮を出て、もう一度「妹」のことを考えた。勘違いのはずなどない。皆が口裏を合わせ、「妹」をいないことにしているのだ。

それにしても解《げ》せないのは、片貝が言った「戸籍」の件だった。

彼の言う通り、死亡したとしても養女に出したとしても戸籍には残る。その跡がないというのはどういうことなのか。

誰か、戸籍の仕組みについて詳しく知る者はいないか――。

そう考えた時、思い当たった。

別れた妻、千恵美。出会った頃は県庁の人事課に勤めていたが、それ以前は確か文書課にいたのではなかったか。ならば戸籍の仕組みについても知っているかもしれない。

すでに新しい家庭を持つ彼女に再三電話をすることにためらいはあったが、他に当てはない。不興を買うのは覚悟し、電話をした。

「はい、私です」

声に警戒の色がないことに安堵し、

「何度もすまない。今日はちょっと訊きたいことがあって……」

と用件を告げた。

細かいことは省いて、戸籍に跡を残さず実子を除籍することはできるか、ということを尋ねる。

「例えば、養子に出すとか……」

「うーん、養子縁組などで籍を移した場合でも、除籍した跡は戸籍には残るわね」

「やはりそうか……」

となると、やはり「妹」などいなかった、ということになるのか？

自分が見たものは幻だったというのか……。

「でも『管外転籍《かんがいてんせき》』をすれば除籍者の名前は残らないけど」

「管外転籍？　何だ、それは？」

再び送話口に飛び付く。

「他の市区町村に本籍地を移すこと。本籍地を他の市区町村に移すと、移った先、つまり新しい戸籍には離婚や死亡、養子縁組などで除籍された人の名前は残らない」

「本籍地を他の市区町村に移す？　それだけ？」

「そう」

「その場合、実際に転居する必要はないんだな」

「そう。本籍地だけ移せばいいの。本籍地をどこにするかは自由だから」

「実子を養子に出した上で本籍を別の市区町村に移せば、新しい戸籍にはその子の名前は残らない――そういうことだな」

「そう」

「その場合、元の戸籍に除籍者がいたことは調べようがないのかな」

「ううん。戸籍はどこまでもたどっていけるから、調べれば分かる。単に、今の戸籍にその跡が残っていない、というだけ」

「そうか、分かった。ありがとう。とても参考になった」

電話を切る間際に感謝の思いをこめ、

「これでもう電話はしない。約束する」

そう告げ、相手が答える前に電話を切った。

これで、可能性は残った。

実際に門奈がこの方法をとったかは分からない。だが、実子がいた跡を現在の戸籍に残さない方法はあるのだ。そして、過去に実子がいたかどうかは、戸籍をたどっていけば分かる。

それを確かめること——元の戸籍をたどることは、他人にはできない。できるとしたら、公的機関や法的立場にある者が職務上必要とされる場合のみだ。

例えば、警察。もはや米原に協力は仰げない。例えば、弁護士。片貝に頼んでも、恐らく不審な顔をされるだけだろう。妙な動きをして、瑠美に知られたくはなかった。

となれば、残るは政治家の類《たぐい》——。

以前であれば浮かびようもない選択肢だったが、今の荒井には、一人だけ「政治家の知り合い」がいた。


交渉は、半谷本人とではなく秘書の小西と行うことにした。門奈のことを議員には知られたくなかったのだ。

「正当な理由なく他人の戸籍を取り寄せるのは違法なんです。ご存じありませんでしたか？」

議員と同じくスーツを端正に着こなした秘書は、荒井の話を聞くと特に表情を変えることなく言った。

「承知しています」

「それを私にしろ、と？」

「しろ、とは言っていません。私の頼みを聞いてくれるのであれば、そちらの頼みもお聞きします、とお伝えしているだけです」

「ふむ」

小西は小さく肯《うなず》くと、「それではこうしましょう」とこちらを見つめた。

「あなたが議員の望むような情報をあげてくれた場合、私の方でもあなたの頼みについて検討します。それでいかがですか」

荒井に選択の余地はなかった。

「それで構いません」

「では交渉成立ですね」

小西はそこで初めて表情を緩めた。思いのほか人懐っこい笑みだった。

「一つ注意していただきたいのは」

忠実な秘書は、すぐに能面のような表情に戻った。

「普段と違う動きをして瑠美さんに不審に思われないこと、です。彼女の身の回りで何か妙なことに気づいたら私に知らせてほしい。それだけでいいんです」

元より、特別なことをする気はなかった。少し時間を置き、調べた振りをして菅原のことを「瑠美の陰りの原因」として話すつもりだった。

それで向こうが納得するかは分からないが、取引材料ぐらいにはなるだろう。門奈との関わりは、あくまで内密にしておかなければならない。

一方で、決めていることがあった。そのことを、菅原の職業訓練センター通所申請手続きに行った際、同行した片貝と新藤に告げた。

「もし門奈さんに対して正式に逮捕状が出た時には、手塚さんを説得してでも彼を出頭させようと思います」

新藤は予想した通り「裏切り者」というような目を向けてきたが、片貝は、「わたしもそのつもりでした」と同調した。

「片貝さん、あなたまで――」目を剝《む》いた新藤に、片貝が諭《さと》すように言う。

「あらいさんは、るみさんやあなたがたがつみにとわれないように、とかんがえてくれているんです」

荒井は肯いた。

「逮捕状が出た後も匿《かくま》っていれば、あなたたちが犯人蔵匿罪《ぞうとくざい》に問われる可能性があります」

「でも、門奈さんは犯人じゃ――」

「私もそう信じています。しかし、この場合は」

荒井は、刑法の犯人蔵匿罪について説明した。この場合の「犯人」とは、真犯人及び犯罪の嫌疑を受けて捜査中又は訴追中の者、と解釈される。つまり、捜査対象と知りながらこれを匿えば、真犯人であるかどうかにかかわらず罪に問われるのだ。

「それだけは避けなければなりません。特に、手塚さんの立場を考えれば」

荒井が言うと、新藤がぐっと言葉を飲み込んだ。もちろん彼女にもその意味するところは分かる。

「門奈さんにフダ——逮捕状が出されれば、恐らく指名手配になるでしょう。知らなかった、という言い逃れはできません。その前に、何とかして彼が真犯人ではないという証拠を見つけなければなりません。お二人も協力してください」

片貝が、そして新藤も、やがて観念したように肯いた。


その数日後、手塚夫妻から、「ご相談したいことがあるので拙宅にご足労願えませんか」という連絡があった。瑠美はフェロウシップの活動で外出中だという。

彼女抜きで自分などに何の用かと訝《いぶか》ったが、断るわけにもいかず、手塚家へと足を運んだ。

二度目とあって高価なソファやカップには慣れたが、高級ダージリンティーの味は相変わらず分からない。

「ところで荒井さんは、以前は警察にお勤めだったとか」

当たり障りのない世間話を一通り交わした後で、総一郎が言った。

ここでもすでに身上調査済みか、と苦い思いを抱きつつ、「はい」と短く答える。

「今はもう、そちらの方々とのご縁の方は？」

「ありませんが……何か？」

「ええ……」

総一郎は、美ど里とちらりと視線を交わすと、

「実は二ヶ月ほど前、警察が瑠美のことで訪ねてきたことがありましてね」

「警察が？」

思わず大きな声が出てしまった。門奈のことがもう知れたのか？　しかし、二ヶ月前というのでは日が合わない。

「どんな用件だったのでしょう？」

「能美和彦、という男を知っているかと。その男と瑠美はどんな付き合いか、と」

再び大きな声が出そうになり、慌てて飲み込む。

「その男に心当たりがおありに？」

「いや」総一郎は首を振った。

「知らぬ名だったのでそう答えました。その後こちらからも、その能美とはどういう男か、なぜ娘と関係があると思ったのかと尋ねたのですが、答えられないと言うばかりでして。さらに、四月二日の夜のことについても尋ねられました」

「四月二日の夜……」

事件のあった時間帯。警察は、瑠美のアリバイを確認しにきたのだ。

「ええ。その夜、娘がどこにいたか知っているかと」

「……それで」

尋ねながら、自分が緊張しているのを感じた。まさか、瑠美が和彦の事件に関係しているとでもいうのか？

「すぐには思い出せなかったんですが、家内に確かめて分かりました。その日娘はＮＰＯの活動で秋田の方へ行っておりました。そう答えたら警察も納得したようでした」

荒井は、小さく安堵の息をついた。ＮＰＯの活動であれば同伴者もいたに違いない。瑠美のアリバイは確認されたのだろう。和彦の事件とは無関係なのだ。

では、なぜ警察が？

「瑠美さんに、そのことはお尋ねに？」

「ええ、訊きました。すると、娘のところへも同じような件で警察が来た、と言うのです。それで能美という男を知っているのかと訊くと、はっきり覚えてはいないが、以前に寄付を頼みに連絡をしてきた男ではないかと。寄付に関しては、熟慮《じゆくりよ》した上、断ったと言っております。その相手とは電話で一度話しただけで会ったことはない。警察にもそう答えたらしいんですが」

能美和彦が、瑠美に、寄付を――。

確かに「海馬の家」の経営は火の車だった。高名な篤志家《とくしか》である彼女に寄付を乞うのは慮外なことではない。

しかし、なぜそれを瑠美は自分たちに隠していたのか。能美和彦が、門奈が疑われている事件の被害者だと知らぬわけはあるまい。

「気になったので、その能美という男について秘書に調べさせました」

総一郎の話は続いていた。

「警察の口から出たその日に殺された男だと知っていささか驚きましてな。まあ、少しでも接点のあった相手はしらみつぶしにするのが捜査の常道だと聞いたことはありますし、もちろん娘がその事件と関わりのあるはずもないのですが、それからもう二ヶ月が経っても犯人はまだ逮捕されていないようで。ご存じであれば捜査の進展などお聞きできればと思ったのですが……」

荒井は、首を振った。

「ご期待に添えず申し訳ありませんが」

まさか門奈哲郎という男が重要参考人になっており、その男をお嬢様が匿っています、などと言えるわけがない。

「そうですか……実は、ここまで気にしておるのには理由がありまして」

「他にも何か？」

「昨年の末頃から何度か、瑠美宛てに妙な電話が掛かってきたり、外を不審な男がうろついている、ということがありましてな」

「妙な電話というのは」

「横柄な口調で娘はいるかと言い、名を訊くと切ってしまう。応対した者によれば、それほど若くない男の声だということでした。外をうろついていたというのもやはり三十代ぐらいの男らしくて」

「風体《ふうてい》などは詳しく分かりますか」

総一郎は肯き、「実際に見た者を呼びましょう」と言った。

現れたのは、後藤《ごとう》という総一郎付きの運転手だった。六十歳代の見るからに実直そうな男は、荒井の問いに臆することなく答えた。

「初めて見たのは、十二月のことだったと思います。車を出した時に、道からこちらのお宅を窺《うかが》うようにしている男に気づいたのです。目が合うと、逃げるように去って行きました。これだけのお屋敷ですから物珍しげに立ち止まる散歩途中の方々はおりますが、その男の様子は明らかに違っておりました。それから二度ほど見かけたので、旦那様にお伝えしました」

「どんな男です」

「三十代前半から半ば、といったところだと思います。いわゆる中肉中背で、特徴と言えるようなものはありませんでした。ただ、目つきだけが、何と言うか、嫌らしい、じとっとしたような目つきだったのを覚えています」

「見かけたのは都合三度ですか……最後に見たのは?」

「三月の半ば頃だったと思います」

「そのことは警察には?」

この質問は、総一郎に向けた。

「言っておりません。いや、その時にはまだ、能美という男とその不審な男とを結びつけておりませんでしたので」

「その時には?」言い方が気になった。「とおっしゃいますと、今は……」

「後藤が見た男が、どうやらその能美という男のようなのです」

荒井は、今度こそ息を呑むのを抑えられなかった。

「——確かですか」

「知り合いのマスコミ関係の方に頼んで能美という男の写真を手に入れ、後藤に確かめさせました」

後藤に目を向けると、こくりと肯いた。

「間違いありません。あの男です」

荒井は、大きな息をついた。俄《にわ》かには信じられない話だった。

能美和彦が、事件の前に瑠美の周囲をうろついていた?

そんなことがあり得るのだろうか。

経営するろう児施設の資金繰りに苦しんでいた和彦が、障害者の支援活動に熱心なセレブの令嬢に無心する。そこまでは理解できる。

だが、なぜその相手に対しストーカーまがいのことをしなければならない? 寄付を断られた腹いせに? それとも、個人的に興味を持ったのか?

もう一つ気になったのは、その時期と、半谷が言っていた「瑠美がふさぎこみ始めた頃」とが重なることだった。

確かにストーカーにつきまとわれているとあれば、十分悩みの原因にはなる。しかし、もしそうだとしたら、真っ先に半谷に相談するのではないか？　もしくは総一郎たちに。相談すれば警察への連絡なり、警備を強化するなり、相手の身元を調べるなり、すぐに対応してくれたはずだ。

瑠美に全くその形跡がないのはなぜだろう。

存在に気づかなかったのでは「ふさぎこむ」原因にはならない。気づいていて、知っていて周囲に秘密にしていたのか。

だとすれば、和彦の存在が、もしくは奴が近づいてきた理由が、周囲に知られたくない類のものだったということになる。

知られたくない理由――それは門奈のこと以外にあり得ないのではないか？

だがそこで、荒井の思考は行き詰まる。

瑠美が門奈を匿ったのは、当然事件の後だ。

事件前に、彼女と門奈の接点はない。和彦が門奈のことを理由に瑠美に近づいてくるわけなどないのだ――。

「心配のし過ぎ、とお考えですか」

荒井の思案を誤解したのか、美ど里が微苦笑で言った。

「いえ」

「過保護だと笑われるかもしれませんが、心配なのです、あの子のことが。ＮＰＯの活動に熱心なのはいいのですが、何か危ないことをしているのではないか、と……」

すでに法を破りかけているなどとは口が裂けても言えない。

「年がいってからできた子ほど可愛いと言いますでしょう。まさにその通りでしてな」

総一郎が照れたように言う。

「あの子は、長らく子供ができなかった私たちに、ようやく授かった子なのです。荒井さん、どうかあの子のこと、よろしく頼みます」

「あの子も、荒井さんのことを大層信頼している様子ですから」

両親に揃って頭を下げられ、困惑した。半谷といい夫妻といい、何か誤解をしている。

「いいえ、そのように信頼されるようなことを私は――」

「いえ、分かるのです」

総一郎が首を振ってこちらを見る。

「あの子はああ見えても、用心深いところがあります。誰にでも心を許すというわけではありません。ですが、荒井さんのことは最初から……」

「そうなんです」美ど里も肯いた。

「荒井さんがＮＰＯの活動に参加してくれると決まった時、あの子、嬉しそうに私たちに言ったんです。『ずっと探していた人に仲間になってもらえた』と」

「ずっと探していた人……？」

「荒井さんのような方を探していた、という意味でしょう。ですからあなたにだったら、他の人に相談できないことも頼れるのではないかと――」

「お言葉は嬉しいですが」荒井は首を振った。「買いかぶりです」

これは本音だった。

「とにかく、あの子のこと、よろしくお願いします」

二人は、わざわざ玄関まで見送りに出てくれた。

長いアプローチを歩く間に何げなく振り返ると、夫妻はまだそこに立ち続けていた。

そこには巨大コンツェルンの創業者の顔や上流階級夫人の姿はなく、ただただ娘を案じる老いた親の姿があるだけだった。

数日後、荒井は議員会館近くの喫茶店で小西と向かい合っていた。

手塚夫妻から聞いた話を簡潔に伝えると、秘書は「ふむ」と肯いた。

「なるほど。確かに時期は一致します」

なぜ瑠美がそれを半谷に話さなかったのかという疑問については口にしなかったが、小西は満足したようだった。

「ご苦労様でした。それではあなたの頼みについても検討してみましょう」

慇懃《いんぎん》に言うと、伝票を摑んで立ち上がった。

小西と別れたその足で、埼玉の入間へと向かった。今日は通訳の仕事は入っていない。たっぷり一日使って「海馬の家」について調べるつもりだった。

「海馬の家」は、入間川沿いに走る国道を、駅から向かって北東に車で十分ほど行ったところにあった。入間市と狭山市とは隣接しており、遺体の見つかった緑道公園は目と鼻の先にある。

その建物は、想像していたよりずっと小さいものだった。入所施設というより小さな寮、という印象だ。すでに電話で、「子供を入所させようか考えている親」を装い、見学の申し込みをしていた。

現れた五十がらみの事務局長は、愛想よく施設の中を案内しながら、教育方針や入所生活の実際などについて説明をした。

ほう、なるほど、それはそれは。相槌《あいづち》を打ちながら、施設の中や、時折すれ違う職員や子供たちの様子を観察した。事務局長の愛想の良さとは裏腹に、彼らは一様に暗い表情で、目を合わせることもなかった。

「今、お子さんたちの人数は……」

「今年度の在籍児童は、全部で十名。小学部二名、中学部五名、高等部三名です。職員は、非常勤を含め八名です」

規模が小さいとはいえ、入所者が十名とは少ない気がした。以前にホームページで調べた時には四十名近くとあったはずだ。あれは過去の数字だったのか。

殊《こと》に小学部が二名ということは――つまり、この数年、入所者が激減しているのだ。もしくは大量の退所者が出たのか。経営の苦しさはその辺りに原因があるのかもしれない。

「小学部のお子さんが少ないようですが、何か理由でも？」

「いえ、別に……特に理由などはありませんが……」

事務局長の答えが、急に歯切れの悪いものになった。

「そうですか」

「ええ……さて、だいたいご覧になっていただけましたかね……」

そわそわと落ち着きのなくなった態度が気になった。ならばもっと押してみるか。

「そういえば、こちらの理事長さんにご不幸があったとお聞きしましたが」

「ああ――」

事務局長の額に、大粒の汗が浮かんだ。

「ご存じでしたか。しかし今は新体制でやっておりますので、ご心配には及びません」

相手の動揺に乗じ、一気に核心に迫る。

「亡くなられた原因は、こちらの教育方針と何か関係でも？」

相手の目がギョッとしたように見開かれ、続いて明らかな不審の色が宿った。

「あなた、本当に入所希望の親御さんで？」

それからはすっかり疑いの目で見られてしまい、追い立てられるように施設を後にした。

さほどの情報は得られなかったが、この施設にはやはり何か問題があるという感触は得ることができた。

続いて知りたいのは、近隣の評判だ。近くの住宅街を歩きながら、どうやって情報を得ようかと思案していると、目の前の家の玄関が開き、年かさの主婦がエコバッグを手に出てきた。幼い子供がいるような年齢には見えなかったが、何もせずうろついていては却《かえ》って怪しまれる。思い切って「すみません」と近づいた。

明らかに警戒の視線を向けてくる女性に、咄嗟にマスコミの人間を装った。

「週刊誌で記事を書いている者なんですが。そこに、『海馬の家』という施設があるのをご存じですか?」

「ええ、知ってますけど」

女性の顔に、得心と同時に好奇の表情が浮かんだ。理事長が殺された事件のことを知っているのだろう。

「『海馬の家』の理事長さんが四月に殺害された事件はご存じですか? 事件のことで何か知っていることがあればお聞かせ願いたいんですが」

「ニュースで報道された以外のことは何も。まだ犯人は捕まってないんですよね?」

「ええ、そうみたいですね。事件のことじゃなくてもいいので、『海馬の家』のことで何かご存じのことはありませんか? 施設内でトラブルがあったとか」

「トラブルっていうほどのことはないいんですけど……」

女性がそわそわするように身をよじった。何か知っているのだ。

「何でも構わないので、ご存じのことがあったらお聞かせください。確かなことじゃなくてもいいんです。噂とかでも。記事にする時にはきちんと裏をとりますから」

その言葉に安心したのか、「あくまで噂、ですけど」と周囲を窺いながら切り出した。

「ずっと以前にも……十六、七年前のことなんですけど、その頃にも施設の理事長さんが殺された事件があったんです」

「ああ、そうらしいですね」

噂とはそのことか、と内心落胆したが、表情には出さず相手の言葉を待った。

「だから、今回も同じなんじゃないか、って」

「同じ、とおっしゃいますと……？」

「ですから」

女性が、物分かりの悪い子供を諭すような口調になる。

「その時と同じ原因で殺されたんじゃないか、って」

「原因と言いますと……やはり教育方針を巡る保護者とのトラブル、ということでしょうか？」

「そうじゃなくて」

女性が周囲を見回し、声を潜めた。

「今度も、中のお子さんが、虐待されていたんじゃないかって」

「虐待――」

思いもしなかった言葉に意表を突かれる。今度も？　中の子供？

「それは、つまり」

平静を装いながら尋ねる。

「入所している子供が虐待されていたということですか？　その、殺された理事長に？」

それでも声のトーンが上がっていたらしく、女性に「シーッ」と注意された。

「あくまで噂、ですよ」

「その噂というのは、今の？　それとも、十七年前の」

「まず、前の事件の時に、そういう噂があったんです。その時の理事長が、施設の子供――女の子を虐待していて……殺されたのはそれが原因じゃないかって」

「そんな噂が……」

「だから、今回の事件があった時も、また同じことが起こったんじゃないかって」

「同じことというのは、つまり――」

言葉を選んで、尋ねた。

「性的虐待、ということですか？」

女性は痛ましそうに肯いた。

「何とかっていう訓練の時間があって、その時に理事長とお子さんが個室で二人きりになるそうなんですよ。その時に……」

聴応訓練。すぐにその単語が頭に浮かんだ。ホームページにあった説明。

聴応訓練は、訓練室で、専門の教育を受けた職員と一対一の関係で行います。

そんな噂が広まっていれば入所者が減り、経営が圧迫されるのも当然だった。

同時に、シンポジウムの控室で、児玉が言っていた言葉が蘇る。

――「海馬の家」の実態を暴くために取材してるんじゃないの？

まさにこのことを指していたのに違いない。

「どなたか、具体的事実をご存じの方とか、もっと詳しいことを知っている方とかはいらっしゃいませんかね」

女性は首を振った。

「どこから出た噂かも分かりませんよ。知ってることはみんな似たり寄ったりでしょう。若いお母さんは前の事件のことなんか知りませんし……」

記事にする時には絶対に自分が言ったとは書かないように、と何度も念を押され、女性と別れた。

帰りには足を延ばして、「現場」を訪れてみた。緑道公園がどこにあるかは、狭山署勤務時代に何度も傍《そば》を通ったことがあったから地図を見ずとも分かった。

緑道公園はその名の通り、狭山市を横断する形でおよそ十キロにわたってサツキやヤマブキなどの樹木が植えられている。花の季節には彩りも鮮やかに装い、並行して走る自転車専用道でのサイクリング、歩行者専用道で散策を楽しむ人々も多いという。

しかし、犯行時刻の夜十一時から翌日の二時ともなれば、周囲の車の通りも少なくなるだろう。歩行者に至ってはほとんどいないのではないか。

荒井は、米原が言っていた「目撃者がいた」という話を思い起こした。確か民間のパトロールが、不審な人影を見かけ声を掛けたが相手が気づかなかった、と。

もしそれが門奈だったとしたら、何がどう不審だったのか。パトロール員が声を掛けようとするような、どんな行動を門奈はとっていたのだろうか――。

しかし結局何も得るものはなく、そのままアパートへと戻った。

主婦から聞いた「噂」。それが、頭から離れなかった。

信憑性を確かめる方法は、一つしか思いつかなかった。

一晩悩んだ末、狭山署に電話を入れた。

「刑事課の何森さんはいらっしゃいますか」

「何森巡査部長ですか。どちらさま?」

自分の名を告げればつないでもらえないと考え、咄嗟に「門奈と言います」と名乗った。

相手は「門奈?」とオウム返しにした後、「そのまま待って」と慌てた声で電話口から消えた。

十秒と待たず、「電話代わりました。何森です」と珍しく緊張気味の声が流れてきた。

「荒井です」

「――何の真似だ」

途端、尖った声に変わる。

「門奈哲郎にはフダは出たんですか」

「お前には関係ない」

「門奈哲郎の居場所を知っています」

相手が息を呑むのが分かった。

「どこだ」

「フダが出たのならお話しします」

「お前もパクられたいか」

「何森さんにお訊きしたいことがいくつかあります。とにかく会って話しましょう。一時間後に新宿で。一人で来てください。着いたら携帯に電話を入れます」

「おい待て」

待たずに電話を切り、新宿へ向かった。

第九章　裏切り

　何森とは、デパートの屋上で落ち合った。

　平日の夕方ということもあって、奥のテーブルで子連れの主婦たちがおしゃべりに興じているぐらいで閑散としており、都合が良かった。

「本当に門奈哲郎の居場所を知ってるんだな」

　荒井の前に立つと同時に、何森が低い声を出した。

　言った通り一人で来たことに安堵したが、妙にも感じた。捜査員は、二人一組で行動するのが常だ。特に捜査本部《ちょうば》が立った事件ともなれば、所轄の捜査員は大概、県警の刑事とコンビを組まされる。

　だが最初にアパートを訪ねてきた時も、何森は一人だった。

　ふと、電話で応対した狭山署の職員が、彼のことを「巡査部長」と呼んでいたことを思い出す。あれから十七年が経つのに少しも階級が変わっていない。昇任試験を全く受けていないか、あるいはこういった単独行動が昇任を妨げているのかもしれなかった。

「奴は一人か。家族と一緒か」

急《せ》かす何森を、「その前にお訊きしたいことがあります」と制した。

「一つ目は――」

「一つ目？」

何森が気色《けしき》ばむ。

「ふざけるなよ。お前が門奈を匿《かくま》ってるのか？」

「いいえ。居場所を知ったのはつい最近のことです。だから何森さんにお伝えしようと連絡したんです。ですが、その前にこちらも教えてもらいたいことがあるんですよ。すぐ済みます。それとも、私をパクって無理やりにでも吐かせますか？」

強面《こわもて》の刑事《デカ》がこちらを睨んだ。

火の出るような視線だったが、荒井は涼しい顔でやり過ごす。この段階で自分を逮捕などできないことは分かっていた。

「――何を訊きたい。早く言え」

思ったよりも早く何森が折れた。

「一つ目は……」

仕入れたばかりの「噂」のことを訊いた。

「十七年前の事件の時、そんな噂があったのをご存じでしたか？」

予想外の質問だったらしく何森は不審気な表情を浮かべたが、

「知っている」

と肯《うなず》いた。

「事実かどうか確かめましたか？」

「暇な主婦どものただの噂話だ。犯行の動機はホシがゲロしてる。確かめる必要もない」

調べていない？　そんなことがあるのだろうか。荒井は食い下がった。

「それでも聞きこみで上がってきた情報はあったでしょう。分かっていることだけでもいいから教えてください」

「十七年前だぞ。そんな小さいことをいちいち覚えているわけが――」

「小さいことをいちいちほじくり返していくのが何森さんのやり方でしょう」

何森が再び睨んだが、今度はさほどの感情はこもっていなかった。

小さく息を吐くと、話し始めた。

「事実として得られたのは、職員が子供宛ての手紙を開封したりしていた、ということぐらいだった。もちろんそれだって十分にプライバシーの侵害だが」

「虐待の件は」

「何とかという訓練の際に、理事長が入所女児に性的虐待をしているのでは、という噂があったことは確かだ。だが事実かどうかは確認できなかった。目撃証言があるという話もあったんだが」

「目撃証言があったんですか」

聞き捨てならない話に身を乗り出す。

「といっても肝心の目撃者を特定できなかった」

何森はつまらなそうな顔で続けた。

「何でも、虐待現場を他の女児が目撃し、職員に訴えたのだが、理事長は否定し、逆に通報した児童の方が嘘つき呼ばわりされた、ということだったが……」

「どうしてそこまで分かっていてその女児を特定できなかったんですか?」

何森は、思い出そうとするように額に指を当てた。そして、ああ、と肯いた。

「その虐待を通報した女児というのが、虐待を受けていた女児の妹だということだったんだ。だが調べると、姉妹で入所している女児などいなかった」

姉妹。妹。荒井の脳裏に二人の女児の姿が浮かぶ。

門奈の面会に現れた幼い姉妹――。

しかし、姉妹で入所している女児はいなかった、というのはどういうわけだ?

「これで満足か? 二つ目の質問は?」

今の話にまだ動揺していたが、この機会を逃すわけにはいかない。来るまでに考えていたことを口にした。

「十七年前の事件の時、施設の警備員がいましたね。死亡した能美隆明の発見者です」

「ああ」

「その男は今どこにいますか? 話を聞きたいんです」

何森の眉間に大きな皺《しわ》が寄った。

「お前は一体何をしようとしてるんだ？　十七年前のことをほじくり返して、一体何を確かめようとしている？」

何を確かめようとしているのか、自分でも分からなかった。

だが、次から次へと自分の前に現れる新事実を、黙って見過ごすわけにはいかなかった。

少なくとも十七年前のあの出来事。自分が通訳として門奈の自白調書に署名・捺印したあの事件は、今になって全く違う様相《ようそう》を呈している。

それにしても――まだ何かが足りない。

事件の真相を知るには、ピースがいくつか欠けている気がした。それを埋めるためには、何としても事件の詳細を知る人物に会う必要があった。

「個人的な問題です。あの時の警備員の現在の連絡先、何森さんだったら調べられますよね？」

「――分かった。調べて教える」

何森は煩《わずら》わしそうに告げた。

「それで終わりか？」

「門奈の身柄確保の時には、必ず私に連絡してください。そして取り調べの際には私を通訳として同席させてください」

何森は目を剝《む》いた。

「そんなことができるか」

「私は手話通訳士です。資格としては何ら問題ありません。被疑者と何の利害関係もありません」

「利害関係がないだと？」

「そうです。でなければこうして居場所を教えますか？　知り合いであれば出頭させます」

何森が小さく唸った。

「通訳とか何とか、俺の一存で決められるか」

「ではこの場で上に話を通してください。約束してくれなければ教えられません」

この一点が、当初の予定を変えた理由だった。

門奈を説得し出頭させれば、確かに裁判になった場合の心証は良くなる。だがそれでは荒井は利害関係者とみなされ、通訳にはなれない。

門奈の通訳は、何としても自分が務めなければならないのだ。

荒井のことを睨むように見つめていた何森だったが、決断は早かった。

「分かった。お前に通訳を依頼する。俺の責任で約束する」

そして、言った。

「門奈はどこだ」

荒井は、それを口にした。

「寮」の所在地。門奈が住む部屋の号数。「フェロウシップ」のことも、門奈が事件の重要参考人になっているとは知らずに住居を提供している善意のＮＰＯ、と断った上で教えた。

何森はそれらをすべてメモすると、間違いないかと復唱した。

「間違いありません」

「身柄《ガラ》をとる日時が決まったら教える」

何森は踵《きびす》を返し、去っていった。

早速携帯電話を取り出しているその後ろ姿を見送りながら、自分のとった行動の意味を痛いほど感じていた。

門奈を売り、瑠美を裏切った。

そのことの重さを――。


目覚めてすぐに携帯をチェックした。だが、何森からの連絡は入っていない。

逮捕状だけでなく、捜索令状も併せてとっているのだろう。県警本部はもちろん、警視庁とも連携をとらなければならないはずだ。

とすれば、早くて明日か。

明日は、菅原の職業訓練センターへの通所が決まったお祝いが、彼の部屋で開かれることになっていた。門奈の逮捕・捜索とかち合えば、めでたい席が台無しになってしまう。瑠美もその様子を目の当たりにすることになり、驚愕するに違いない。

だがそれも致し方ない、と荒井は覚悟をした。どんな非難も甘んじて受けるつもりだった。

携帯を仕舞おうとして、ふと、ここ十日ほどみゆきと連絡をとっていないことに気づいた。

思えば、米原とのドタバタ劇を演じた日以来、電話でもメールでもやり取りをしていなかった。

あれから目まぐるしい日々が続いていたから着信や留守電に気づかなかったか。そう考え履歴をチェックしてみたが、みゆきからのそれは一つもなかった。以前に三日ほど連絡をしなかっただけで家まで来たことを思えば、妙な感じもする。

すでに出勤後の時間ではあったが、携帯に電話をしてみた。やはり不在メッセージが返ってくるだけだった。

留守電には入れず、電話を切った。履歴を見れば電話があったことは分かるだろう。それよりも——と、もう一人連絡が途絶えている相手のことを思い出したのだ。

門奈の戸籍の件を頼んだ小西からの返事が、まだなかった。

有能な秘書にしては時間がかかりすぎている。小西の名を表示させ、電話を入れる。

しかし返ってきたのは、「この電話番号からの電話はお受けできません」というメッセージだった。

番号を間違えたかと確認してみるが、確かに小西の番号だ。

もう一度掛けてみる。しかし結果は同じだった。

着信拒否ということか？　一体なぜ——。

真偽を確かめるためには事務所に電話をするしかなかった。

「はい、こちら半谷議員事務所です」

ハキハキと電話に出た女性職員に、自分の名を告げ小西を呼び出してもらう。

しばらくして電話口に戻ってきた職員は、「申し訳ございませんが小西は不在です。こちらでご伝言を承ります」とそっけない口調に変わっていた。

どういう理由かは分からないが、どうやら接触を拒まれているようだった。

「それではお伝えください」

一方的な拒絶への腹立たしさもあって、こちらの口調も無愛想になる。

「依頼の件、ご返答がないようでしたら議員に直接お頼みしようと思います」

確かに承りました。返ってきたのはさらに事務的な声だった。

小西の豹変が気になりながらも、仕事をこなし、アパートに戻った。

携帯が音を鳴らしたのは夜半過ぎだった。

「非通知」という文字が表示されていた。通話ボタンを押すと、特徴のある関西なまりの声が流れてきた。

「お電話をいただいたそうですね」

「携帯が急に通じなくなったもので。小西さん、これはどういう――」

「理由は申せませんが、今後、あなたとの連絡はご遠慮させていただくことになりました。これは、議員も承知していることです」

「待ってください。一体何が――」

「一つだけ忠告しておきます」

小西の口調が、少し変わった。

「これ以上、余計な詮索はしない方がいい。あなたのためです」

ほんの僅《わず》か交情が感じられる声を残して、電話は切れた。

余計な詮索――。

思い当たるのは、門奈の戸籍のことしかなかった。

だが、一体なぜ……？

しかし、そのことに思いを巡らせる余裕はなかった。再び携帯が鳴り、何森の名が表示されたのだ。

すぐに通話ボタンを押した。

「荒井です」

「明日――もう今日だな。午後二時に決行」

挨拶抜きで告げてから、

「それと、例の警備員の連絡先が分かった。言うぞ」

慌ててメモを取り寄せ、何森の口にした十一桁《けた》の数字を控える。

「メモしたか。じゃあな」

切ろうとする相手に、慌てて言った。

「もう一つだけお願いがあります」

「お前、いい加減にしろよ」

怒気を含んだ声が返ってきたが、構わず言った。

「門奈の戸籍を調べてください」

小西が駄目ならもう頼れるのは何森しかいない。

「――何のために」

「今の戸籍じゃありません。過去に二度ほど住所を変えているはずです。その頃の――できれば十七年前まで遡《さかのぼ》って。恐らく、戸籍をきれいにした跡があるはずです」

「あったとしたら何なんだ」

「とにかく調べて、結果を教えてください」

「貴様、俺を使いっ走りの小僧扱いか」

「お願いします」

電話の向こうから大きなため息が聞こえ、そのまま電話は切れた。

忘れないうちにと、メモした数字を携帯に登録する。

十七年前の事件の第一発見者。何か新しい情報を引き出せればいいが――。

その前に明日だ、と門奈逮捕へと思いをはせる。

菅原の祝いは、昼頃から開かれることになっていた。恐らく一時間ほどでお開きになるだろう。

願わくば門奈逮捕の瞬間に瑠美を居合わさせたくなかった。自分は門奈に同行しなければならないから彼女のフォローはできない。やはり片貝にだけは話しておこう。

門奈自身のことも心配だった。本当は今のうちから逮捕後のことを打ち合わせておきたかったが、利害関係者と見なされる恐れがあるためそれはできない。門奈は自分を通訳として受け入れてくれるだろうか。いや、たとえ彼に拒否されようとも、何としても自分が務めるのだ。十七年前の借りを返さなければならない。

あれこれ考えているうちに目は冴える一方で、少しも眠気はやってこなかった。少しの間でも門奈や瑠美のことを忘れたかった。こんな時間に用もなく電話を掛けられる相手は一人しかいない。

まだ起きている時間だろう、とみゆきの携帯に電話を入れてみた。

しかし、やはり返ってきたのは不在メッセージだけだった。

ようやく寝付いたのは外が明るくなってからだった。四時間ほどしか眠れず、慌ただしく支度をして練馬に向かった。

寮に着き、菅原の部屋に向かう際、門奈の部屋の前を通った。いつにも増してひっそりとしている。だがちらりと見た電気メーターは回っており、門奈たちがいるのは間違いなかった。

菅原の部屋に集まったのは、荒井のほかには瑠美と新藤、片貝という少人数で、缶ビールにテイクアウトの寿司という簡素な祝いだった。それでも職業訓練センターに通所できることになったのは社会復帰に向けての第一歩には違いなく、誰もが明るい表情だった。

途中、煙草を吸いにベランダに出た片貝の後を追い、彼にだけ、今日門奈が逮捕されることを話した。さすがに片貝も驚きの表情を見せたが、こちらの意図を汲《く》み、《私も》《同行します》と言ってくれた。

時刻が一時半を過ぎた頃、片貝が「では、そろそろ」とお開きを促した。

新藤も「そうですね」と腰を浮かせたが、瑠美は立ち上がらなかった。

「私はもう少しいます。皆さんはこの後、何かご予定でも？」

「ええ、ちょっと……」

片貝が荒井の方へ視線を向ける。

「あまり菅原さんの部屋に長居するのも、どうかと思いまして」

そう応えた荒井に、瑠美が冷ややかな視線を向けた。

「門奈さんのところへ行かれるのですか？」

片貝が、ギョッとしたような顔をした。新藤も顔をこちらに向ける。

「でも残念ですが、門奈さんたちはもうあの部屋にはいません」

荒井は息を呑んだ。

まさか――。

部屋を飛び出し、廊下を走る。

門奈の部屋の前に立ち、ドアノブを握った。鍵はかかっていない。

ドアを開け、中に入った。

部屋は――もぬけの殻だった。

家具も何もないガランとした部屋の中、扇風機だけが意味もなく回っていた。一部屋しかない狭い部屋だ。探すまでもない。

門奈一家は、逃亡したのだ。

逃がしたのは、瑠美に違いなかった。警察からフェロウシップに探りでもはいったか。危険を察して先手を打ったのだ。

いずれにしても、明らかな犯人蔵匿《ぞうとく》。これではどうあっても言い逃れはできない。

気づくと、背後に瑠美が立っていた。

片貝も新藤もいる。二人とも事情を聞かされていなかったのだろう。驚いたように空っぽの部屋を眺めていた。

「――門奈さんたちを、どこへ？」

荒井は静かに訊いた。

「残念ながら、あなたに教えるわけにはいきません」

瑠美も動じることなく答えた。

「教えてください。このままではあなたも罪に問われます」

「そうでしょうか」

瑠美が小さく下を向いた。見間違いだろうか、その口元に一瞬笑みが浮かんだような気がした。

が、すぐに顔を上げると、彼女は荒井を正面から見据《みす》えた。

「荒井さん、あなたには失望しました」

自分が門奈のことを売ったのを知っているのだ。

体温が上昇するのがはっきりと分かった。

羞恥か、屈辱か。自分の感情が分からぬまま、「なぜ」と口にしていた。

「なぜ、ここまでするのですか」

瑠美は、少しも表情を変えず、答えた。

「門奈さんは、私たちの大事なファミリーですから」

その眼が、射るように荒井をとらえた。

まるで、あなたにとっては違ったのですね、と言っているように。

その時、荒井ははっきりと感じた。

以前どこかで、彼女に会ったことがある。

確かにこの眼に見つめられたことがある――。

ふいに、その言葉が頭に浮かんだ。

だとしたら計算は合う。

ああ、そうだ、と思い出す。能美和彦が能美隆明の息子だと悟った時、そう思ったのだった。

あれから十七年。当時十代後半の少年は三十代半ばになっているはずだ。だとしたら年齢は合う、と。

それが何なのだ？　なぜそんな言葉が今頭に浮かんだ？

今の、自分をとらえた瑠美の眼。

そう、似ているのだ。あの時の少女――門奈の下の娘が自分に向けた視線。

あれから十七年が経っている。当時十歳ほどに見えた少女は、今、二十代半ばぐらいになっているはずだ。

だとしたら計算は合う。

瑠美は確か今、二十七歳のはずだ。

馬鹿な、そんなはずはない。荒井はすぐにその考えを打ち消した。

そんな偶然があるはずがない。探していた少女が自分の目の前にいたなどという偶然が――、
いや、偶然なのだろうか？

心の奥の方がザワザワと音を立てる。

この前、手塚美ど里は何と言った？

――ずっと探していた人に仲間になってもらえた。

瑠美が自分のことをそう表現していたと言っていなかったか。

探していた？　あの少女が自分のことを？　一体なぜ。何のために。

何を考えている。荒井は再び自分の考えを否定する。そんなことがあるわけがない。

否定する材料はいくらでもあった。

あの少女は、「ろう者」だったのだ。それは自分が一番よく知っている。

あの時の、あの娘の手話。間違いなく「日本手話」だった。生まれつきのろう者にしか使え

ないその言葉を、あの娘は使っていた。瑠美がろう者などということは――。

いくつもの場面が脳裏にフラッシュバックする。

初めて会った時に抱いた奇妙な安堵感。実に自然に「ろう者」の特徴を身につけていた瑠美。転んで泣いている子供を見つめていた彼女。

まさか――。

だがそう考えれば、すべてが腑《ふ》に落ちる。

彼女が手話を決して使わない理由。

それを使った瞬間、彼女が何者か、周囲に露呈してしまうため。

手塚瑠美は、彼女は――。

コーダなのか？

自分と同じ、「ろう者の親のもとに生まれた聴こえる子」なのか？

だとしたら、彼女は何をしようとしているのか？

自分に、何をさせようとしているのか――。


寮を出て、深呼吸を一つしてから携帯を操作した。

すでに捜査員を連れこちらに向かっていた何森からはあらん限りの罵声《ばせい》を浴びせられたが、黙って耐えた。

何森に何と言われようと構わない。ただ、これで門奈は逃亡犯として全国に指名手配されることになる。逮捕された場合には、もう自分が通訳を務めることは不可能だろう。それが気がかりだった。

だがそれよりも。

いったん浮かんでしまった考え——瑠美があの時の少女、門奈の下の娘なのではないか、という疑念が頭から離れなかった。

そんなはずはない、という思いと、いやしかし、という気持ちの間で揺れ続けていた。

瑠美が養女などという話は聞いたことがない。実際、先日会った手塚夫妻にしても言っていたではないか。

——年がいってからできた子ほど可愛いと言いますでしょう。

——あの子は、長らく子供ができなかった私たちに、ようやく授かった子なのです。

あれは嘘だったというのか。

もし瑠美が養女なのだとしたら、彼らは、世間に対して娘の出生を偽《いつわ》っていることになる。

なぜだ？　瑠美が、人を誤って死なせてしまった男の娘だから？　それを世間に知られたくない？　しかし、夫妻がそんな偏見の持ち主であるとは思えなかった。

いや、何より彼女自身が。

十七年前のあの事件の後、手塚家の養女になったと仮定しよう。だが瑠美であれば、そしてあの少女であれば、胸を張って「ろう者」として世間の前に出るはずだ。

それとも、そうできない理由が他にあるというのか。

真実を確かめる術《すべ》は、一つだけあった。

戸籍だ。

荒井の耳に、あの関西なまりの声が蘇る。

――これ以上、余計な詮索はしない方がいい。

瑠美と門奈の関係を知る「誰か」が、小西が戸籍を調べようとしているのを知り圧力をかけた。そう考えれば、あの不可解な豹変ぶりも納得がいく。

小西に圧力をかけられるような人物となれば一人しかいない。

――これは、議員も承知していることです。

半谷。瑠美の婚約者。

彼は知っているのか。瑠美が養女であることを。そして、実親が誰であるかを。

さらにもう一つ、瑠美が門奈の娘であったと仮定した場合、合点がいくことがあった。

殺された能美和彦が、彼女の周辺をうろついていたという話。目的がいま一つ分からなかったが、その前提に立てば明白だ。

脅迫。

引退しているとはいえ、高名なコンツェルンの創業者の一人娘が、実は養女であり、実の父親には傷害致死の前科。さらに家族はみなろう者であり、手塚夫妻がそれを隠していた、となれば、かなりのスキャンダルになることは間違いない。脅迫の材料としてはこれ以上のネタはなかった。

——マルガイは、事件の一ヶ月ほど前から行動に変化があったようだ。急に機嫌が良くなり、金の入る当てができたようなことを言ったり、そわそわと落ち着きがなく、不機嫌になったり……。

いつか米原が言っていたことも、そう考えれば腑に落ちる。

では、和彦は、どこで「それ」に気づいたのか？

以前から知っていたということはない。和彦が瑠美に接触してきたのは、総一郎の話によれば去年の末頃だ。知ったのは、それ以前——。

そうか、と思い当たった。

手話通訳士の試験の帰り、電車の液晶画面で見た、瑠美が国際チャリティ賞を受賞したというニュース。そこに顔写真は映っていなかったが、確か田淵は、テレビや週刊誌でも取り上げられたと言っていなかったか？

和彦は、それを見たのだ。そして、そこに十七年前の少女の面影を見た。

だが、とすぐにその考えを打ち消す思いが湧く。

十七年も前の、当時十歳ほどの少女の顔と、今の瑠美の姿がすぐに結びつくだろうか。自分とて、今の今まで結びつけたことなどなかったのだ。いや、今でさえ半信半疑ではないか。

和彦と瑠美をつなぐ「何か」が、あるはずだ。

何らかの出来事。あるいは人物——。

いくら考えても分からなかった。

分からなければ、行動するしかない。その謎を解くカギも、十七年前のあの事件にあるはずなのだ。

再び携帯を取り出すと、何森から聞いた警備員の番号を表示させた。

何度か電話を入れ、ようやく連絡がついた相手は、捜査関係者でもない荒井のことを訝《いぶか》しんだが、謝礼を払うことで何とか会う約束を取り付けることができた。

千野《ちの》というその男は、六十歳を過ぎた今も現役の警備員だった。警備会社に籍を置き、工事現場などに派遣されているという。

休みの日に合わせて彼の住む町の喫茶店で向かい合い、そんなことをひとしきり話し終えた後、

「謝礼っていくらくれるんだ?」

千野はおもむろに訊いてきた。

用意してきた金額を口にすると、「ふぅ〜ん」と少し口を尖らせてから、「ま、いっか。で、何を訊きたいの?」と椅子にもたれる。

荒井はすぐに本題に入った。十七年前の事件の際、見聞きしたこと、覚えていることをすべて話してほしい、と。

「また最近あそこで殺人事件があったんだってねぇ。まあそれで俺もいろいろ思い出したわけだけど……」

もったいをつけるように言う。

「おんなじ話になっちゃうけど、それでいいのかい?」

「ええ、とにかく千野さんの知っていることをすべて聞きたいんです」

「知ってるったって大したことは知らないけどねぇ……聞きたいことがあったらそっちから質問してよ」

「そうですか。では」

時系列を追って尋ねることにした。

「異変に気づいたのは、いつでしたか」

「十一時の定時巡回で理事長室の前を通った時、灯りが点《つ》いててドアが半開きになってたんだ。その前、十時に見回った時はそんなことなかったから」

「それで、中に入ったら理事長を発見した、と」

「ああ。慌てて救急車と警察を呼んで……」

「その前に見回った時には、部屋に人がいるような気配はしませんでしたか」

「しなかったね。電気も点いていなかったし、話し声もしなかった」

だが、話し声がしなかったから人がいなかった、とはこの場合に限ってはならない。加害者は、そもそも声を出して話しはしないのだ。能美隆明と門奈は、恐らく手話で会話していたのだろう。

「不審な人物も目撃しなかった、ということですが」

「いや、見たさ」

「え？」

「見たっていうのは正しくないか。理事長が倒れているのを発見したすぐ後に、裏口から誰かが逃げていくのが分かったんだ」

初耳だった。

当時荒井が目にしたのは門奈の自白調書だけだったが、そこには警備員に逃げるところを目撃された、などという記述はなかった。

「姿は見てないんですね」

「ああ、見てない。人の気配と物音だけ。俺も追いかけようとしたんだが、とにかく理事長の方は一刻を争う様子だったからな。警備のマニュアルにもまずは通報を優先するように、ってあったから、そうしたんだ」

千野は言い訳をするように言ってから、少し悔しそうな顔をして、

「けどあの時、大声を出さないで追っていけば捕まえられたかもしれないな」

と呟いた。

――今、何と言った？

「大声を出した？」

「ああ。人の気配を感じたんで、咄嗟《とっさ》に『誰だ！』て叫んじまったんだ。そしたらそいつが慌てて逃げていって――」

「ちょっと待ってください」

慌てて千野を制した。

「その人物は、あなたの声を聞いて逃げた、ということですか」

「そうだね」

「それは変だ」

千野は、何が？　というようにこちらを見る。

「犯人は、ろう者です」

荒井は言った。

「つまり、聴こえないんです。あなたの声に驚いて逃げるわけはない」

「そんなの俺の知ったこっちゃねえよ」

千野は不満げに口を尖らせた。

「とにかく俺は『誰だ！』って叫んだ。そのすぐ後に駆けて行く足音がしたっていうわけさ。これは本当のことだ。警察にも話した」

解《げ》せなかった。

もちろん、門奈が逃げようとした時と千野が叫んだタイミングがたまたま一致した、ということはあり得る。警察も恐らくそう判断したのだろう。

いや、そもそも考慮すらされなかったのかもしれない。何しろ、犯人は自首しており、その供述と現場の状況に矛盾はなかったのだ。警察がわざわざそれまでのシナリオを覆すような証言を採用するわけがなかった。

しかし。

——俺は『誰だ!』って叫んだ。そのすぐ後に駆けて行く足音がしたっていうわけさ。

自信に満ちた千野の言葉を無視していいのだろうか。

それは、犯人は聴こえる人物だった、と言っているに等しい。

つまり、門奈は犯人ではない、と——。

その後、「噂」についても尋ねたが、それについては千野は知らない、ということだった。

謝礼を払い、千野と別れてからも、彼の言ったことが頭から離れなかった。

犯人が、聴こえる人物だったという可能性。

もしそうならば、門奈は誰かの罪をかぶったことになる。

門奈が庇《かば》って身代わりにまでなろうとする相手で、聴こえる人物。

荒井の知る限り、そんな相手は一人しかいなかった。

第十章　家族

　カーテンを開けると、空は今にも降り出しそうな厚い雲で覆われていた。晴天続きで気づいていなかったが、もう梅雨《つゆ》の時期なのだ。

　今日も起きてすぐに携帯電話をチェックしてみたが、誰からの着信もなかった。あれからみゆきには何度も電話を入れ、伝言も残していた。

　返事がないのは彼女の意思によるものなのだろう。原因もおおよそ見当はつく。美和を問い質《ただ》したのか公園の常連さんたちから聞いたのか、ともかくあの日の騒動について荒井が説明したようなものではない、ということを知ったのだ。

とすればその騒動の主役についてもすぐに悟ったに違いない。

米原と連絡をとり、荒井と前夫が行った「取引」の事実を知った――。みゆきでなくとも連絡を絶つのは当然だった。

　官舎を訪ね、土下座してでも赦《ゆる》しを乞うのが筋であることはもちろん分かっていた。だが荒井にはそれができなかった。

　自分のしたことを説明するにはすべてを話さなければならない。たとえそうしたとしても、みゆきが理解してくれるとは思えなかった。

センターから依頼された通訳の仕事を終えると、その足で狭山に向かった。今更「現場」を再訪して新しい発見があるとも思えなかったが、何か行動をしていなければ落ち着かなかった。日がどんどん長くなっているとはいえ、公園に着いた午後七時過ぎにはもう辺りは暗かった。二度目の緑道公園は、昼間に訪れた時とは全く違った顔を見せていた。

車の量が少ないのは予想していたが、想像を超えていたのは、街灯の少なさだった。人通りもほとんどない。これでは仮に誰かを見かけたとしても、離れていれば顔はもちろん、風体《ふうてい》を判別するのも難しいのではないか。民間パトロールに被疑者の面割りができるかは疑問だった。

それにしても、と荒井は首を傾《かし》げた。

パトロール員は、なぜ声を掛けたのだろう。

確かに歩いている人が少ない時間とはいえ、それだけで声を掛ける理由にはならない。その時、門奈はここで何を――。

その時、ふいにその可能性に思い当たった。

もしかしたら自分は大きな思い違いをしていたのかもしれない。

パトロール員が声を掛けた理由。

それはもしかしたら――。

それを確かめるには、当のパトロール員に当たるしかなかった。どこへ行けば分かるだろうか。思いついたのは、最寄りの警察――狭山署だった。

電話で訊いても個人情報を教えてもらえるはずはなかった。ならば直談判するしかない。荒井は、辞職してから初めてかつての職場を訪れた。

正面玄関の立ち番こそ知らない顔だったが、中に入ってしまえば次々に見知った顔とすれ違う。幸いこちらに気づく者はなく、誰にも呼び止められず階段を上ることができた。

民間パトロールを管轄する生活安全課に行く途中に、交通課のシマがあった。

顔を伏せ通り過ぎることはできた。だが、ここに向かおうと思った時から、荒井は彼女に会うことを決めていた。

無視されてもいい、罵倒されても構わない。このまま終わってしまっていいわけがないのだ。

「すみません」

交通課の窓口に近づくと、新顔と見える若い女性職員が立ち上がり、

「どんなご用件でしょうか?」

とカウンターを挟んで尋ねてくる。

奥でパソコンに向かっているみゆきの姿が目に入った。

「安斉みゆきさんをお願いしたいんですが。荒井と申します」

職員は少し怪訝《けげん》な顔をしたが、「少々お待ちください」と席の方へ戻り、みゆきにその旨を伝える。

みゆきがこちらを見た時には、荒井に気づいた何人かの職員が顔を見合わせ囁《ささや》き合っていた。

「何しに来たの」

険しい顔で近付いてきたみゆきは、つっけんどんに言う。

「こっちに用事があって」

答えると、彼女はああ、というように小さく肯《うなず》いた。

「まだあの事件のことを調べてるのね」

呆れたような声を出す。

「今日、何時に終わる」

考える前に口から出ていた。

「そんなの分からないわ」

役所のスケジュールは把握している。

「遅番だとしても七時半には出られるよな」

「――だったら何」

みゆきが挑むような視線を向けてくる。

「どこかで待ってる。話をしよう。悪いが保育所には迎えが遅れると連絡を入れてくれ」

「何を勝手に」

切れ長の目がさらにつり上がった。

「話すことなんか何もないわ」

「俺にはある」

荒井の言葉に一瞬、みゆきの表情が変わった。

「今までのこと、全部、話す」

荒井はみゆきの目を見つめた。

「全部だ」

硬い表情を崩さぬまま荒井のことを見返していたみゆきだったが、やがて「分かった」と肯いた。

「あと十五分で終わるから。どこかで待っていてください。携帯に落ち合う場所を入れておいて」

事務的に言うと、席へと戻って行った。

職員たちからの好奇の視線を浴びながら、荒井もその場から離れた。


生活安全課に行くと、さらに知った顔が増えた。名乗るまでもなく、古株の防犯係長が顔色を変えて飛んできた。

「おい荒井、何しに来た」

「ちょっと教えてもらいたいことがありまして」

「よくノコノコとお前……ちょっとこっちに来い」

人目につかないところへ連れていこうとするのを制し、告げた。

「用件はすぐ済みます。入曽《いりそ》地区の民間パトロールの名前と連絡先を教えてもらえませんか」

「なんのために」

「知りたい事情がありまして」

「だから何のためにそんなことを知りたいんだ。だいたいそんなことを教えられるわけが――」

「教えてやるよ」

背後からの声に、振り返った。

何森の姿が、そこにあった。

「お前に連絡しようと思ってたところでな。ちょうど良かったよ」

いきり立つ防犯係長をなだめて荒井を屋上に誘った何森は、いつものつまらなそうな顔でそう言った。

「私に連絡を？」

意外だった。門奈を逃がしたことで散々罵倒された相手だ、もはや連絡などないと思っていた。

「ああ。門奈の戸籍を洗ってたな」

そうだった、と思い出す。

門奈の戸籍について調べてくれるようこの刑事に頼んでいたのだ。

なぜそんなことを頼んでしまったのか、と歯ぎしりしたい気分だった。

「十七年前、能美に虐待されていたという女児の噂があったよな。姉が虐待されているのを妹が目撃したっていうやつだ」

手すりにもたれ、遠くを見ながら何森は言った。

「その姉妹が、門奈の娘。それが、お前の見立てなんだな?」

「いたんですね? もう一人、娘が――」

思わず声が上ずったが、何森はそれには答えず、

「上の娘が虐待され、さらに妹が嘘つき呼ばわりされ、怒り狂った門奈が能美隆明を殺した。お前はそう読んでるんだな?」

確かにそう考えていた。千野の話を聞くまでは。

しかし今は――。

「門奈は娘が虐待されていた事実を世間に知られたくなかった」

何森は続けた。

「だからその『動機』を隠した。そして娘を養女に出し、戸籍から抹消した」

荒井は肯定も否定もしなかった。

「だが、なぜそこまでする必要がある?」

手すりにもたれていた何森が、こちらに向き直った。

「しかも、養女に出されたのは姉じゃない、妹の方だ。それに何の意味がある? 答えろ。この戸籍の件が今回のヤマとどう結び付くんだ」

荒井は黙っていた。

何森はまだ肝心なことを口にしていない。それを言うまでは自分も何も答えるまい。

それを察したのか、何森がふいに言った。

「てるこ、だ」

唐突に出された言葉に、意味が摑めなかった。

てるこ？　それは一体――。

「養女に出された娘の名だ。輝く子、で、てるこ。一九八四年生まれ。今年で二十七歳になるはずだ」

二十七歳。瑠美と同じ年――。

名前が違うのは、養女になると同時に改名したのか。いや改名には高いハードルがあるはずだ。瑠美という名は通称か。

「十七年前の事件のことはもういい」

何森の言葉に、我に返る。

「終わったヤマだ。問題は今の事件だ。答えろ。お前の見立ては？」

何森が自分を見つめていた。

どこまで話すべきか、迷った。

この刑事は、どこまで事実を摑んでいるのか。

「――能美和彦も、父親と同じように入所女児に虐待をしていたのではないか」

荒井は答えた。

「それが今回の事件の原因になった可能性があるのでは、と私は考えています」

嘘ではなかった。そう思い至ったのは、つい先ほどのことだ。

何森の表情は変わらない。

「虐待された入所児童の身内が和彦を殺した、そういうことか？　十七年前、門奈がそうしたように？」

訊いておきながら、刑事は自ら首を振った。

「入所児童の親、兄弟、親戚、親しい知り合い。全部洗った。全員シロだ。少なくともホシは今の入所児童の関係者じゃない」

「だから門奈の仕業《しわざ》だと？　動機はなんです？」

「それはお前の方がよく知ってるんじゃないのか。だから戸籍を調べさせたんだろう？」

何森は荒井を見据えた。

「和彦も、父親と同じように入所女児に虐待をしていたのではないか、お前はそう言ったな。それは、『令《あなど》』のことを言ってるんじゃないんだろう？」

何森を侮っていたことを後悔した。

やはりこの男は優秀な刑事なのだ。それなのになぜいつまでも巡査部長のままなのか。

「十七年前、和彦は十七歳。父親のしていることを見て真似るには十分な年齢だ」

いつの間にか何森から挑むような口調が消えていた。

「和彦は当時、父親と同じように女児を虐待していた。父親と同じ相手を、だ。その事実を十七年経った今、その女児の親が――門奈が知った。それで和彦をやった。父親と同じ目に遭わせた。今まで、動機だけがはっきりしなかった。そう考えればすべて腑《ふ》に落ちる」

荒井は、何森を見返した。

この男は、自分が指摘する前から「虐待」の噂に注目していたのだ。少なくとも今回の事件が起きてから改めて調べ直したに違いない。

「ただの噂話」だと？　とんだ狸だ。

さらに何森は、もう一つ嘘をついている――。

「門奈哲郎じゃないんでしょう？」

荒井がふいに発した言葉に、何森が虚を突かれた顔になった。

「何森さんが――警察が追っていたのは、初めから門奈哲郎じゃなかった。私は、とんだ思い違いをしていました」

何森がこちらを見つめている。

「女なんですね？　あなたたちが追っていたのは」

刑事の視線がほんの一瞬、動いた。

「事件当夜、現場で目撃されたのは若い女だった。あんな時間に人気のない場所を若い女が一人でふらふら歩いていたら誰だって不審に思う。だから民間パトロールは声を掛けた。違いますか」

「そうか」

何森が口の端を歪《ゆが》めた。

「それでお前は、民間パトロールの名前を知ろうとしてたのか」

もっと早く気づくべきだった。気づかなければいけなかった。

――残るは、怨恨《えんこん》、痴情のもつれ。有力なのはその辺り。

――妻は浮気を疑っていたらしい。

警察の狙いは、初めからそこにあったのだ。

「その女は掛けられた声を無視した」

荒井は言った。

「いや、聴こえなかった。若く、聴こえない女。そして動機を持つとなれば、一人しかいない」

マルヒが彼女なのであれば、犯行の動機は、事件の背景は全く違った様相《ようそう》を見せる。

和彦は殺される前、何をやろうとしていたのか。

和彦は、なぜ殺されなければならなかったのか。

何森は、黙って荒井の視線を受け止めていた。もう芝居はやめた、と言うように。

荒井は続けた。

「門奈幸子。十七年前に能美隆明から、さらにはその息子の和彦からも性的虐待を受けていた入所女児。彼女が、マルヒなんですね」

「――昨日まではな」

何森が静かに答えた。

「お前のおかげで、マルヒは二人に増えたよ。いや、そっちが真犯人《ホンボシ》か」

幸子の妹。門奈輝子。

その一言で、彼らが輝子と瑠美を結びつけていないことが分かった。瑠美のアリバイはすでに確認されている。輝子＝瑠美と考えていれば、彼女をホンボシとすることはあり得ない。

幸子か輝子の居場所が分かったら必ず連絡しろ。そう言って、何森は去って行った。

すでに八時になっていた。すぐに交通課に寄ったが、みゆきは二十分も前に出ていた。彼女からの着信はない。電話をしたが、不在メッセージが返ってくるだけだった。

みゆきとやり直す最後のチャンスを、荒井はふいにしてしまったのだった。


翌朝、着替えようとした時、ジャケットのポケットから何かが落ちた。

手に取ると、瑠美の結婚披露宴の返信用ハガキだった。すっかり忘れていたが、披露宴の日取りは一週間後に迫っていた。

瑠美は、一週間後に結婚をする。

荒井はそのことの意味を考えた。

手塚夫妻の籍にある現在も、彼女の戸籍を見れば、そこには「実親」として門奈哲郎・清美の名が記されているはずだ。

それは半谷と結婚し、新しい籍に入っても変わらない。

それでも彼女は新しい籍が、新しい家族がほしかったのかもしれない。通称も長年使用していれば改名が許されると聞いた覚えがある。

新しい籍と名を手に入れ、彼女は今度こそ過去と決別できるのだ。

完璧なシナリオじゃないか。

ハガキを手に取った。

彼女は、過去に——門奈哲郎・清美・幸子という「家族」に、永遠の別れを告げようとしているのだ。

荒井の脳裏に、二人の少女の姿が蘇る。

母親と一緒に、勾留中の父親に接見にきた幼い姉妹。

手をつなぎ肩を寄せ合い、不安でいっぱいな顔で両親が話すのをじっと見つめていた二人の少女の運命は、あの出来事を境に大きく分かれた。

そして今、妹は「家族」を捨てようとしている——。

ハガキを破り、洗面所に入った。

顔を洗おうとして、外から聴こえてくる子供の歌声に気づいた。

窓から覗いてみると、向かいの幼稚園の庭で、園児たちが振り付きで歌を唄っている。

きらきらひかる　おそらのほしよ
まばたきしては　みんなをみてる

荒井も幼い頃、唄った記憶があった。

可愛らしいその光景を眺めながら、歌のあて振りというのは手話に似て非なるものだな、と思う。

「きらきらひかる　おそらのほしよ」という部分の、手の平をひらひらさせる動きなどは、上にあげれば手話では「拍手」という意味になる。「星が光る」としたいならば、頭の上にあげた手を握ったり開いたりして――。

その時、ふいに一つの光景が蘇った。

門奈がこちらに向かって手を動かしている。

そうだ、あれは門奈と十七年ぶりに対面した時のことだ。

部屋を辞去しようとした時、門奈が肩の上で右手を握ったり開いたりした。

荒井は別れの合図だと思い頭を下げたが、瑠美はなぜか部屋に戻った。

違う。

あれは別れの合図なんかじゃない――。

あの時の仕草《しぐさ》、肩の上で軽く握った手をこちらに向けて何度か開く、という手話。

あれは、〈照らす〉という意味の手話だ。

――サインネーム。

門奈幸子のそれは、〈幸せ〉という手話だった。

では門奈輝子のサインネームは？

それは、（てる＝照らす）という意味を表す手話であるに違いない。

あの時、門奈は、自分たちに別れを告げたのではない。

瑠美を――我が娘の輝子を、サインネームで呼んだのだ。

今でも、瑠美と門奈はつながっている。

彼らは、今でも「家族」なのだ――。


披露宴に出席したいが今から間に合うか、という問い合わせの電話に、新藤は「あら」と怪訝な声を返した。

「荒井さんからはすでにご出席のお返事をいただいたと、手塚からは聞いていましたが」

そんな返事をした覚えはなかった。だが出席できるのであればあえて糺《ただ》す必要もない。

「それでは出席ということで」

と電話を切ろうとすると、

「あの、これは皆さんにお伝えしていることなんですが」

と新藤が言いにくそうに付け加える。

「会場は大きなところですが、披露宴の中身は地味なもので、お料理も引き出物もそれに合わせた簡素なものになりますので、どうぞご承知おきください」

要は、派手な器に釣り合うほどの祝儀を包む必要はない、と言っているらしかった。配慮に礼を言い、電話を切った。
披露宴の日まで、誰とも会わず、ただひたすら考えた。
自分が今なすべきことは何なのか――。
そして、思案の果てに出した結論を、いくつかの行動に移した。
二通の手紙を出し、迷いに迷って――最後に一本の電話を入れた。

第十一章　最後の手話

披露宴当日は、梅雨《つゆ》時にしては珍しく晴れた日になった。

一着しかない慶弔《けいちょう》兼用のブラックスーツを簞笥《たんす》の奥から引っ張り出し、案じていたほどかび臭くなかったそれを身にまとう。簞笥の中に押し込んだ服を時折引っ張り出しては陰干しをし、防虫剤を交換していたみゆきの姿が浮かんだ。

早めに出たせいで、ホテルに着いたのは披露宴の三十分も前だった。他にも結婚式が重なっているのだろう、ロビーのソファには正装した客の姿が多い。

その中に、見知った顔があった。

意外な人物ではあったが、さほどの驚きはなかった。あちらも荒井に気づき、立ち上がった。

冴島素子は、いつも通りの笑顔を向けると、握った両手のこぶしを二回下げながらやや眉を少しあげて、荒井を指さす（＝元気そうね）。

荒井も肯《うなず》いて答え、素子のことを指さしてから、親指と人差し指を二回、つけたり離したりして（＝あなたも）、右手の手の平を胸の方へ向けグルッと円を描いた後に、握った両手のこぶしを下げた（＝お元気そうで）。

挨拶を交わし、素子の隣に腰を下ろすと、しばし沈黙が訪れた。

ここに正装して二人並び、その話題に触れないのはどう考えても不自然だった。荒井の方から、彼女の名を出した。

〈手塚瑠美さんとは、やはりお知り合いだったのですね〉

〈ええ〉

素子は、当然、というような顔で肯いた。

〈言わなかったかしら〉

素子に最後に会ったのは、シンポジウムの控室だった。あの時はまだ、門奈の事件と瑠美とを結びつけるなどみじんも考えていなかった。

だが、瑠美の姿を会場で見かけた時に気づくべきだったのだ。ろう者社会のことで、素子の知らないことなどない。

彼女は、初めからすべてを知っていたのだ。

〈それで〉素子は顔をこちらに向けた。〈何か分かったかしら?〉

少しためらってから、〈はい〉と肯いた。

〈おおよそのことは〉

〈そう〉

素子は荒井を見つめた。

〈それで、あなたはどうするつもりなの?〉

答えられなかった。

すでにすべきことをした。そう答えればいいのだ。

だがそう言おうとしてふいに、自分は取り返しのつかないことをしてしまったのではないか、という思いにとらわれた。

〈いいわ、答えなくても〉

素子は、ふっと笑みを浮かべると、言った。

〈あなたがどうしようと、私たちは、どんなことがあっても彼女を守ります〉

そして、続けた。

〈彼女は、私たちのファミリーですから〉


素子と並んで、会場に入った。

十卓ほどに分かれたゲストテーブルには、招待客のネームプレートが置かれてある。荒井は、素子と同じテーブルだった。

同じ卓には、すでに片貝と新藤ほか、フェロウシップのメンバーの姿があった。彼らは素子に会うのは初めてらしく、緊張した面持ちで使い慣れない日本手話で自己紹介をした。

〈どうぞ、普段お使いの言葉でお話しください〉

素子は笑みを浮かべて応えてから、荒井の方を見た。

〈困った時にはきっと、荒井さんが間に入ってくれるでしょう〉

〈いやでも〉〈今日は荒井さんも〉〈プライベートですし〉

《いいんです》

荒井は間に入った。

《今日はそのつもりで来ていますから》

素子が笑みを向けてくる。荒井は黙って肯いた。

テーブルは十人掛けで、まだ三つの席が空いていた。そして、そこにだけネームプレートがなかった。

《どなたの席でしょうね》

新藤が尋ねたが、誰も答える者はいなかった。

片貝は不思議そうに首を傾《かし》げていたが、素子は澄ました顔で前を向いていた。その席に座るべき者が誰なのか、彼女には分かっているに違いない。

やがて時間になり、披露宴が始まった。

司会者が冒頭で、披露宴に先だってこの場で「人前式《じんぜんしき》」が行われる、と告げた。招待客の中には、訝《いぶか》しげに顔を見合わせる者もいた。

司会者の言葉に続き、半谷と瑠美が入場した。

派手な登場曲も大がかりな演出もなかったが、そんなものは必要のないことは誰の目にも分かった。シンプルな純白のドレスに身を包んだ瑠美は、どんな演出もいらないほど美しかった。

盛大な拍手が二人を迎えた。先ほどまで眉をひそめていた年配の女性たちも、「本当にきれいねえ」と囁《ささや》き合っている。

司会者の進行で、誓約と証人の儀が行われた。互いの誓いの後、司会者が「皆様にはご異議はございませんか」と尋ね、全員が肯く。「異議なし！」の濁声《だみごえ》が飛び、列席者の笑い声を誘った。

指輪の交換が終わると、ようやく祝杯の運びとなった。司会者の音頭で全員が起立し、祝いの言葉を唱和し、乾杯した。

こうして始まった披露宴は、新藤が言っていた通りつづまやかでありながら、心温まるものだった。

両家の関係者として政界・財界の大物たちが列席しているはずだったが、主賓は今までフェロウシップの活動に賛同してくれた福祉関係者やボランティアの人々であり、プログラムも子供たちによる歌や感謝のメッセージなどが続き、財界人や政治家が前面に出てくることはなかった。

会場がすっかり和《なご》やかな雰囲気に包まれた頃、司会者が「ここで、新郎新婦はお色直しのためいったん退席させていただきます」と告げた。

ここまでの流れから考えると、お色直しやキャンドルサービスといったお決まりの趣向はそぐわない気もしたが、列席者たちは意に介す風もなく、拍手で二人を送り出した。

ここまで瑠美は、常に幸せそうな表情を会場に向け、新藤らフェロウシップのスタッフたちとはほほ笑みを交わし合うこともあった。

だが、荒井と視線が合うことは一度もなかった。

彼女が今何を考えているのか、これからどうするつもりなのか、その態度から推し量ることはできない。

しかし、これだけは分かった。

彼女は間違いなく、自分の出した手紙を読んでいる――。


歓談の時間がしばし続いた後、時計を見ていた司会者がマイクの前に立った。

「これより、新郎新婦が再入場し、皆様のテーブルを回ります」

告げると同時に、会場の灯りが落ちた。期待に満ちた空気が場内に広がる。

静かに扉が開いた。思わず周囲から「ほう」というため息が漏れる。

半谷は真っ白なタキシードに、そして瑠美は、鮮やかなブルーのカクテルドレスに身を包んでいた。二人の手には、キャンドルトーチが握られている。

半谷・瑠美の二人は、ゆっくりと一つ一つのテーブルを回った。

ゲストテーブルにはそれぞれ透明な液体が入ったミニグラスが置かれてあった。そのグラスに、新郎新婦の持つトーチからアクアキャンドルが注がれる。すると、グラスがブルーに発色し、光り輝くのだった。周囲から歓声が湧き上がり、拍手が起こった。

「ただ今ご覧いただいているのは、『ルミファンタジア』という演出です」

司会者が解説をする。

「ルミファンタジアは、『光る、輝く』という意味のルミナスと、『幻想曲』の意味のファンタジアを組み合わせたものです。まさに、新婦・瑠美さんのように美しく輝くブルーの煌《きら》めき。幻想的な演出をお楽しみください」

拍手が一段と大きくなった。恐らく列席者たちはみな、ルミファンタジアというこの新奇な趣向を、新婦の名・瑠美にちなんだものと思っているに違いない。

だが、そうではない、と荒井には分かる。

派手な演出を好まないはずの瑠美が、スノッブのそしりを受けようともこの趣向を選んだ理由は、ただ一つだ。

自分は、いつまでも輝きを失わない光の子だということ。その名をくれた者への感謝の思い――。

しかしそのメッセージを伝えたい相手は、いまだその席に姿を現していなかった。

半谷・瑠美の二人が、荒井たちのテーブルに近づいてきた。

二人が一礼し、テーブルのグラスにアクアキャンドルを注ぐ。グラスが眩《まばゆ》いばかりに光り輝いた。そのままの姿勢でしばし静止する二人に、新藤やフェロウシップのスタッフたちがここぞとばかりにデジタルカメラを向ける。

カメラに向かって、瑠美がほほ笑む。

その時、初めて彼女の視線がこちらに向けられた。

その瞬間を狙って、荒井は手と顔を動かした。

両手の甲を上にして軽く下ろし、右手の人差し指と親指でCの形をつくって額に当てる。そして右手の人差し指で下を指し、右手の甲を上にして、からだの前の方から自分の方へと斜め下に引きつけた。

続いて、顔の横に立てた右の手の平を手前にひっくり返すと、自分のことを指し、右の手の平を上にして下から上にあげながら胸のあたりで握りしめ、軽く指を曲げた右手を右肩に乗せたあと、指先を揃え前に押し出した。

瑠美は確かに荒井の動きを認めたはずだが、表情はぴくりとも動かなかった。

カメラの方にポーズをとっていた半谷が気づいた様子はなく、新藤たちも写真撮影に夢中だった。

荒井の言葉を理解したはずの素子も、ただ黙って座っていた。


ゲストテーブルへの挨拶が終わり、半谷・瑠美の二人は正面の位置へと戻った。

会場の灯りがもう一段落ち、列席者たちが静まり返る。

「みなさん、グラスタワーにご注目ください！」

司会者の声に合わせ、二人が一番上のグラスにアクアキャンドルを注ぎ込んだ。光の雫《しずく》が静かに流れ落ち、幻想的な光景が浮かび上がる。光り輝くグラスタワーは会場の視線を釘付けにした。

「ルミファンタジアはこれで終わりではありません。アクアキャンドルは、披露宴の最後まで光り輝き、お二人を温かく見守ります」

皆がその光の演出をうっとりと眺めているその時、荒井のテーブルの三つの空席は、その主を迎えていた。

音もなく現れ、いつの間にか彼らはそこに座っていた。顔を確かめずとも分かる。

瑠美の――門奈輝子の三人の家族の姿が、そこにあった。

「――至らぬ二人でございます。どうぞ皆様、これからもご指導いただけますようお願い申し上げます」

宴は、新郎・新婦からの最後の挨拶へと移っていた。

列席者に深々と頭を下げた半谷は、マイクを瑠美の方に差し出した。新郎に続き新婦が感謝の言葉を述べ、宴はお開きになるのだろう。誰もがそう思っていた。

だが瑠美は、小さく首を振り、差し出されたマイクを半谷の方へと戻した。

怪訝《けげん》な顔でマイクを引っ込めた半谷が、新婦に何事か問う。瑠美が短く答えると、半谷は納得したように肯き、再びマイクを口元へ運んだ。

「はなはだ異例ではございますが、新婦からのご挨拶は手話を交えて行わせていただきます」

会場に一瞬ざわめきが走った。それが落ち着くのを待ってから、瑠美は、ふわっと手を動かした。

それは、実に美しく、なめらかな動作だった。何のためらいも、淀みもない。生まれながらにして身についた自分の言葉。

まぎれもなく、「ろう者」による「日本手話」だった。

〈最後に、皆さんにお話ししなければならないことがあります〉

瑠美が、言った。

〈十七年前〉

〈私は〉

〈一人の男を殺しました〉

「――何のこと⁉」

小さく叫んだのは、荒井の向かいの席にいた新藤だった。

瑠美の言葉は続いた。

〈その男は、いくら殺しても殺し足りないような男でした〉

「ちょっと、一体何の冗談なの……？」

笑おうとした新藤の顔が、荒井たちの顔を見て固まった。

ガタン、と音が鳴った。片貝が椅子を蹴った音だった。瑠美に向かって駆けて行こうとする彼を、素子が止めた。

〈動かないで。今はあの子の話を聞いて〉

新藤が目を見開き、首を振る。

「嘘……そんなことあるはずが……」

哲郎・清美・幸子の三人は、まっすぐに瑠美を見つめていた。

自分たちの「家族」である彼女の言葉を、彼らは受け入れていたのだった。

瑠美は、列席者に感謝の意を述べる新婦の表情そのままに、話し続けていた。

〈ですからそのことを、私は少しも後悔していません〉

〈ただ一つ、今でも悔んでいるのは、その罪を自分で償《つぐな》わなかったことです〉

荒井たちのテーブルを除き、列席者たちの中でその言葉を解する者はいない。通訳もなしに続けられる手話に、会場全体に戸惑いが広がっていた。

新郎はほほ笑みを浮かべて傍《かたわ》らの新婦を見守っていた。恐らく瑠美は、今話していることとは全く別の内容を彼に伝えたのだろう。

荒井は、手塚夫妻の方に目をやった。

総一郎は口を真一文字に結び、美ど里は祈るように両手を前で合わせていた。そして、門奈一家同様、まっすぐに「自分たちの娘」を見つめていた。

手話を解さないのは半谷と同様のはずだ。しかし、彼らは明らかに自分たちの娘が何を話しているか理解していた。

彼らは、瑠美から事前に聞かされていたのだ。今日この場で、彼女が、何を、どう話すかを。

自分の出した手紙は、単なるキッカケに過ぎなかったのだ、と荒井は思う。

（これから書くことは、あくまで私の推論です。何の証拠もありません）

瑠美に宛てた手紙に、荒井は、自分が何を知り、何を考えたかを、すべて記した――。

十七年前、能美隆明は、門奈幸子に対し、性的虐待を働いていた。恐らく一回や二回ではない。その立場を利用し、そしてまだ十三歳の幸子が口外しないことを良いことに、何度もそれは行われた。

幸子は、文字通りそれを誰にも口にできなかった。誰かに訴えようにも、幼い彼女にはそれができなかった。「そのこと」を手話で表現する方法すら分からなかったのかもしれない。

その事実を、妹が――門奈輝子が知った。直接目撃したのか、幸子が彼女にだけ打ち明けたのかは分からない。

聴者であった輝子は、施設に入所はしていなかったはずだ。しかし、たった二人の姉妹だ。学校を終えた妹が、両親不在の家に帰るより姉のいる施設に頻繁《ひんぱん》に出入りしていたことは想像に難くない。そんな日々の中で、見てはいけないものを見てしまったのかもしれない。

いずれにせよそれを知ったのは、家族の中で、幸子よりも幼い輝子だけだった。

幸子が、親には言わないでくれと頼んだか。いや輝子とて、そのことを親にどう手話で伝えればいいか分からなかったのかもしれない。しかし、幼いながらも気丈な輝子が、そのまま「ないこと」にできるわけはなかった。それが何を意味するかまでは分からなくても、能美隆明が姉にひどいことをしている、ということだけは分かったのだ。

輝子は、施設の職員にそれを告発した。だが、施設側はそれを受け入れなかった。輝子の言うことを信じなかったどころか、嘘つき呼ばわりさえした。そしてその間にも、能美隆明による幸子への行為は続いていた。

その時の輝子の――十歳の少女の怒り、絶望、そして憎しみは、想像を絶するものがあったに違いない。そしてその怒りと憎しみをはらす術《すべ》は、輝子には一つしか思いつかなかった。

本当は、幸子がどう言おうと、そこで親に話すべきだったのだ。そうすれば少なくとも施設を退所させ、それ以上の被害は防ぐことができたはずだ。

だが輝子は、その選択肢をとらなかった。いや、もはや彼女の目的は、虐待を止めさせることにはなかった。姉を傷つけるその男のことを、彼女は心底許せなかった。自分の手で解決しよう。そう思ったのだ。

その夜、能美隆明を理事長室に呼び出したのは輝子なのか幸子だったのか。もしかしたら、いつもの行為をするために隆明の方が幸子を呼び出したのかもしれない。いずれにしても、輝子はそれを許すつもりはなかった。家から持ち出した果物ナイフで、すべてを終わらせるつもりだった。

結果としてその目的が達せられたことが、幸運だったのか不運だったのか、今となっては分からない。いくら背後からふいをついたとはいえ、幼い少女が小さな果物ナイフで人を殺せるはずなどなかったのだ。隆明にとっての最大の不運は、アルコール性肝硬変を患っていて、さして深くない傷でも血が止まらずに失血死してしまったことにあった。

輝子は〈一人の男を殺した〉と言ったが、それは違う。悪くて傷害致死、もし逆上した隆明に襲い掛かられて、というような状況があった場合には正当防衛の可能性さえある。

だが、その時の輝子にはそんなことはどうでもよかった。恐らく「その後」のことなど考えていなかったに違いない。だから輝子は、正直にそのことを両親に告げた。しかし、その事実を知った門奈夫妻の驚きもまた、尋常なものではなかったはずだ。

その時には幸子もすべてを話したことだろう。経緯を知った門奈夫妻がとった行動は、実際にあった通りだ。門奈哲郎が「自分がやった」と自首をし、傷害致死の容疑で逮捕された。

仮に輝子の仕業《しわざ》だと判明したところで、当時十歳の少女が罪に問われることはなかっただろう。しかし門奈夫妻には、僅《わず》か十歳の娘にそんな過去を負わせることなど到底できなかった。

身代わりに門奈哲郎が自首をしたのには、もしかしたら「四十条」のことも少しは頭にあったのかもしれない。そういうことに詳しい誰かに教えられた可能性もある。

自首することで改悛《かいしゅん》の意を表明し、傷害致死が認められ、さらに四十条が適用されれば、罪は軽くて済むのではないか。

ろう者社会の中で知らないことなどない「誰か」が教えた通りの結果になった。門奈哲郎には五年という短い刑期が科せられた。

残ったのは、輝子の問題だ。

門奈夫妻は、徹底して娘の過去を消してやりたかった。なした行為だけでなく、自分たちの家族であるということさえも「ない」ものにする。それが門奈哲郎・清美の選んだ道だった。

手塚家とは、恐らく篤志《とくし》家であった美ど里夫人との関係で知り合ったのだろう。もしかしたらここでも、顔の広い「誰か」が一枚かんでいたのかもしれない。

いずれにせよ、利発で可憐な少女だった輝子のことを、手塚夫妻は一目で気に入ったに違いない。双方の親が望むままに養子縁組は進められた。それを望んでいなかったのは、輝子一人だったはずだ。

そして十七年が経った。

手塚夫妻から愛情を注がれ、門奈輝子は手塚瑠美として美しく聡明な女性に成長した。そしてかつての自分たちのように社会から疎外されている人々のために奔走する日々を送り、立派な男性と出会い、婚約をした。

何の問題もなかった。門奈夫妻が、そして手塚夫妻が望んだように、彼女の過去は消え、輝かしい人生を歩んでいた。

そんな時に、あの男が現れた。

能美和彦。かつて幸子を虐待し輝子に刺された男の息子。そして、自らも父の行為を真似、幸子に同じ行為を働いていた男。

「手塚瑠美＝門奈輝子」であると知った和彦は、そのことを材料に「手塚瑠美」を脅した。

彼女が実際に罪を犯したことなど知らなくてもいい。「手塚瑠美」が犯罪者の娘であり、手塚夫妻がそれをひた隠しにしている、という事実だけでも、立場を考えれば十分脅迫の材料にはなる。

「手塚瑠美」はそれに応じるつもりだったのではないか。もしかしたら一度ぐらい取引は行われたのかもしれない。しかし、当然のことながら和彦の要求はそれで終わらなかった。さらなる要求。金額の釣り上げ。金銭以外のものまで要求したことも考えられる。

「手塚瑠美＝門奈輝子」は、もう一度選択を迫られることになった。

そしてそんな彼女の窮地《きゅうち》を、幸子が知った。

またここでも門奈夫妻が知らぬところで姉妹が共鳴し合ってしまったのだ。

幸子は、今度は自分が助ける番だと思ったに違いない。

十七年前、能美隆明の魔の手から妹が救ってくれたように。今度は、能美和彦の悪行から妹を救ってあげなければならない、と。

そうして幸子は和彦を狭山の緑道公園に呼び出し、実行した。

十七年前、妹がなしたのと同じことを――。


瑠美の言葉は続いていた。

〈そして今、私の大切な人が、私と同じ罪を犯しました〉

〈彼女はその罪を償いたいと言い、私はそれを止めました〉

〈あんな男のために、あなたが罰せられることはない、と〉

〈でも〉

そこで初めて顔と手の動きが止まった。

瑠美の視線が、荒井をとらえた。

その眼が、問うていた。

十七年前と同じ、あの視線で。

瑠美の言葉は、すぐに再開した。

〈彼女が、彼女自身の意思で選んだその道を、私が邪魔することはできないのだと、気づきました。気づかせてくれた人に感謝します〉

その視線が、荒井から素子へと移り、再び正面へと戻った。

〈今の私が彼女にしてあげられることは、たった一つ〉

〈十七年前、私の家族が私のためにしてくれたのと同じことを、私もするだけです〉

〈私は、自分の家族を〉

〈何よりも大切なその人たちを〉

〈命をかけて守ります〉

瑠美は、そこで初めて「声」を出した。

「お父さん、お母さん」

その視線は、手塚夫妻に向けられていた。

「今まで、本当にありがとう」

手塚美ど里の頬を、涙が一筋伝っていった。総一郎の瞳も潤んでいた。

彼らもまた、覚悟していたのだ。この日が来ることを。そして、その日まで、彼らもまた命をかけて守ってきたのだ。誰よりも大切な娘を。

「でも、これでお別れじゃありません」

瑠美の瞳にも、涙があふれていた。

「私たちは、いつまでも、家族です」

彼女の視線が、荒井たちのテーブルへと移った。

彼女の手と顔が動いた。

今、声にしたのと全く同じ言葉が、日本手話によって――彼らの言葉によって、語られた。

〈お父さん、お母さん、お姉さん〉

門奈哲郎へ。

〈今まで、本当にありがとう〉

門奈清美へ。

〈でも、これでお別れじゃありません〉

門奈幸子へ。

〈私たちは、いつまでも、家族です〉

瑠美の手が静かに下げられ、深々と頭を垂れた。

少しの間《ま》をおいて、万雷の拍手が会場を包み込んだ。


披露宴は、列席者の心に深い感銘を残し、お開きとなった。誰もが「良い披露宴だった」と口を揃え、出口に向かっていた。

新郎新婦は客たちと短く言葉を交わし、丁寧に頭を下げている。

やがて、荒井たちの番になった。

瑠美に抱きついた新藤は、大きな泣き声をあげて逆に新婦から宥《なだ》められていた。片貝は手話で、《今後の発言は、すべて弁護士である私を通してください》と伝え、瑠美は素直に肯いた。

荒井は、何も言わなかった。

すでに言うべきことは手紙に、そして先ほどの手話で伝えてあった。

一礼して去ろうとした荒井を、瑠美の視線が止めた。

彼女は、無言のまま手と顔を動かした。

右手の人差し指で自分を指してから、その手の甲を上にして開き、胸の位置で自分の体に向かって弧を描くようにしてから、荒井のことを指差し、最後に上に向けた手の平を下から上にあげながら胸のあたりでギュッと握りしめた。

荒井が強く肯くと、瑠美が、ふっと笑った。

これまでも彼女の笑顔に接したことはあった。

だがそれは、今まで見たことのない、清々《すがすが》しい笑顔だった。

彼女もまた、十七年間自分を苦しめていた過去と決別することができたのだろうか。

そうであればいい、と荒井は心底願った。

廊下に出たところで、門奈一家に向かって、披露宴の席で瑠美に向けたのと同じ言葉を伝えた。

両手の甲を上にして軽く下ろし（＝今日）、右手の人差し指と親指でCの形をつくって額に当てる（＝警察を）。そして右手の人差し指で下を指し（＝ここに）、右手の甲を上にして、からだの前の方から自分の方へと斜め下に引きつけた（＝呼んであります）。

続いて、顔の横に立てた右の手の平を手前にひっくり返すと（＝しかし）、自分のことを指し、右の手の平を上にして下から上にあげながら胸のあたりで握りしめ（＝私を信じて）、軽く指を曲げた右手を右肩に乗せたあと、指先を揃え前に押し出した（＝任せてください）。

彼らを代表して、門奈哲郎が答えた。

それもまた、瑠美が最後に荒井に向けたものと同じ言葉だった。

右手の人差し指で自分を指してから、その手の甲を上にして開き、胸の位置で自分の体に向かって弧を描くようにしてから、荒井のことを指差し、最後に上に向けた手の平を下から上にあげながら胸のあたりでギュッと握りしめた。

〈私たちは、あなたを、信じます〉

ロビーに、何森がぽつりと立っていた。

電話での約束通り、披露宴が終わるまで一人で待っていてくれたのだ。

なぜ何森がいつも単独行動を許されるのか。なぜいつまで経っても巡査部長のままなのか。考えれば分かることだった。

組織不適合者を指す不《マルフ》。

自分と同じく、偽の領収書を書くことを拒否し続けた警察官の中の裏切り者。

――この借りは、いつか必ず返す。

あの時の電話の主が、つまらなそうな顔で近づいてくる。

「これで貸し借りはなしだ」

ぶっきら棒な言葉に、荒井は黙って肯いた。

「それと、もう一つ」

何森がどうでもいいような口調で言った。

「取り調べの際の手話通訳としてお前を雇う。面倒くさい手続きは後だ。一緒に来い」

最後までつまらなそうな顔で背中を向けると、何森は先に立って歩き出した。

振り返ると、素子の姿があった。

その手が動くかと思ったが、結局彼女は、小さくほほ笑んだだけで、別の出口へと向かって行った。

荒井のことを瑠美に教えたのは、彼女だったに違いない。

瑠美も幸子も、自分の罪を償いたいと思っていることを素子は知っていた。しかし互いに、相手を罪びとにはしたくなかった。二人とも、どうしていいか分からなかったのだ。

彼女たちには、誰かが必要だった。

彼女たちの思いを、みんなの思いを代わりに伝えてくれる誰かが。

それが自分だったのか、自分で良かったのか――。

いや、その答えを出すのはまだ早い、と荒井は思う。自分の仕事は、これからなのだ。


門奈幸子の事情聴取は、荒井の通訳のもと、問題なく進められた。

荒井が瑠美へ宛てた手紙の中で、あえて核心に触れていないことがあった。

幸子の犯行動機の深い部分についてだ。

〈能美和彦が妹のことを知ったのは、私を通してです〉

取調官の質問に、幸子は何のためらいもなくそう答えた。

荒井は、自分の想像が当たっていたことを知った。

事件から十七年が経った今、和彦と瑠美を結び付けた「何か」。それは幸子しかいない。

幸子と和彦の「関係」は、十七年前から今に至るまで続いていたのだ――。

〈私たち家族が引っ越しても、和彦は執拗《しつよう》に居所を突き止め、関係を強要してきました。私はそれを拒めませんでした。後でそれを知った輝子からは、なぜだと責められました。和彦から、承知しなければお前たち家族のことを周囲にばらすぞと脅されたのだと私は答えました。でも、輝子のことさえ分からなければ、それは今さら恐れるようなことではなかったはずなのに……〉

幸子はそこでしばし手と顔の動きを止め、考え込んだ。長い間があった後、顔を上げると、

〈なぜなのか。私にもよく分かりません〉

そう言って、かすかにほほ笑んだ。

〈ただ、これだけは言えます。父の出所を待ちながら母と二人であちこちを転々としていた時も、父が出所して三人で暮らし始めてからも、私たちは、誰とも関わらず、ひっそりと生きていました。そんな生活の中で、たとえそれが理不尽な関係であろうとも、誰かと関わっていたかった、誰かに関心を持ってほしかった。心のどこかでそう思っていたのかもしれません……〉

荒井は想像する。元より声高におのれを主張することなどない人々が、さらに息を潜め、肩を寄せ合い生きている様を。

その姿は、三十数年前の自分たち家族の姿と、そして今の兄たち家族の姿と重なった。

しかしその一方で、彼女の「妹」は、華やかな人生を歩んでいたのだ。

〈ええ。私と輝子は、時折会っていました〉

妹のことを話す時には、幸子は打って変わって明るい表情になった。

〈両親は手塚家に迷惑がかかるといってなるべく接触しないようにしていましたが、妹はいつも私たちに会いたがっていたのです。私は、妹の話を聞くのが楽しみでした。学校のこと。知り合う人々のこと。NPOの活動。私は、妹を通して「世間」というものを知り得ていたのです。なのに、妹と会っているところを「あの男」に見られてしまった……〉

幸子の美しい顔が一瞬歪《ゆが》んだ。

〈和彦は、高名な手塚瑠美が何者であるかを知りました。そして、妹を脅し始めたのです〉

〈妹は、あの男の要求に応じるつもりなど初めからありませんでした。自分のこと、自分の家

族のことを世間に発表したいのならすればいい。それですべてを失っても、構わない。そうまで言っていたんです。でも〉

〈私は、そういうわけにはいきませんでした。それだけは何としても止めなければ、と思ったのです。そもそも、和彦が妹の存在を知ってしまったのは私のせいなのですから〉

〈ええ、今度は私の番だ、と思ったことは確かです。十七年前、妹が私を救ってくれたように、今度は私が妹を救う番だと〉

そう言ってから、小さく首を横に振った。

〈でもそれだけではなかった。和彦とこのままの関係を続けていくのは、やはり間違っている。私は、もう一度やり直さなければならないのだ、そう思ったんです。妹が私の代わりにしてくれたこと。それは、本当は私がこの手でしなければならなかったことだった。もう一度、あの時からやり直さなければ……〉

最後に幸子は荒井を見ると、どこかさっぱりとした顔で、告げた。

〈私は、この手で、能美和彦とのことを終わらせなければならなかったのです〉

手塚瑠美が——門奈輝子が裁かれることはなかった。

十七年前の事件は、すでに終わったことだった。いずれにしても当時十歳だった瑠美は、刑法はもちろん少年法においても刑事罰を受けることはない。犯人蔵匿《ぞうとく》の罪も、彼女が幸子の「家族」であることを考慮され、不問に付された。

とはいえ、その事実はいずれマスコミの知るところとなるだろう。その時瑠美がどんなスキャンダルに巻き込まれるか。いやそれ以前に、すべてを知った半谷がそれをどう受け止めるのか。それが一番の気がかりだったが――。

「先日は、ありがとうございました」

議員からは、式からさほど間を置かずに電話があった。式へ出席してくれたことへの礼を述べた後、半谷は何でもないことのように付け加えた。

「妻のことは、私が守っていきますので」

その言葉を聞けば十分だった。今後社会からどんな非難を浴びようとも、きっと二人で乗り越えていくに違いない。

幸子は、「殺人」の罪で起訴された。

片貝をはじめ、総一郎が選んだ腕利きの弁護団がついているとはいえ、四十条がない今、彼女の罪が聴者に比べ軽減されることはないだろう。裁判員裁判でどのような裁定が下されるのか。荒井は最後まで見届けるつもりだった。

地裁のある埼玉県の手話通訳士派遣センターには、すでに登録をした。取り調べ通訳を担当した荒井が幸子の裁判で通訳人に任命されることはない。しかし、第二、第三の幸子や菅原は必ず現れる。彼らに必要とされる時があれば、再び法廷に立つつもりだ。

荒井には、ようやく分かったことがある。

彼らの言葉を、彼らの思いを正確に通訳できる人間がいて、初めて法の下の平等が実現する。

彼らの沈黙の声を皆に聴こえるように届けること。それこそが、自分のなすべきことなのだ。

部屋の灯りが点《つ》いているのが外から見えた。まさか、と玄関のドアを開けた。

部屋に入ると、キッチンに、みゆきの背中があった。

「お帰りなさい」

背中を向けたまま、みゆきが言った。

「――ただいま」

他にいくらでもかける言葉はあったはずだが、出てきたのはそれだけだった。

「手紙を読んだわ」

そっけないほどの口調で彼女が言う。

「そうか」

「一つだけ聞かせて」

みゆきがようやく振り返った。

「前の奥さんと子供をつくらなかった理由は分かった。もし――」

荒井の顔を見つめ、言う。

「もし、私と結婚しても、それは同じ？」

荒井は小さく首を振った。

「今は、違う」

みゆきの顔に笑みが広がった。

「でも、君はいいのか？」

荒井は問う。

「たとえ僅かな確率だとしても、俺の子供は耳の聴こえない子として生まれてくる可能性が――」

「あなたの子供じゃない。私たちの子供、よ」

言葉を失っていると、みゆきは再び笑った。

「そうなったとして、何か問題があるの？　その時は、あなたに通訳してくれなんて頼まない。私たちが――私と美和が、あなたたちの言葉を覚える」


チャイムを鳴らすと、しばらくしてドアが開いた。

〈待ってたよ。よく来たな〉

初めて訪れる益岡の住まいは、区営住宅の一角にあった。

六畳間が二つに八畳ほどのダイニングキッチン。驚くほど、かつて自分が住んでいた家に似ていた。いや、荒井が住んでいた家は、県営住宅の二軒長屋の一つで、この半分ほどの広さもなかったか。

〈心配するな、まだ腕は鈍《なま》っちゃいない〉

感慨深く佇《たたず》んでいたのを、不安がっていると誤解したのか、益岡はそう胸を張った。

〈じゃあ、そこに座ってくれ〉

益岡が、リビングのベランダ側、日の当たる一角に丸椅子を置いてくれる。

子供の頃、こうして兄と並んで父親に頭を刈ってもらったものだった。

小学校の高学年になるにつれ、荒井はそれが嫌になっていった。もちろん腕は確かなのだが、親であるがゆえに子供の好みなどには頓着《とんちゃく》せず、自分の好きなように刈ってしまう。兄と全く同じぼっちゃん刈り。

あれは父の病気が分かる半年ぐらい前のことだったろうか。

〈もう父ちゃんに刈ってもらわなくていいよ。床屋さんに行く〉

床屋の息子のくせに床屋に行く奴があるか！　そう怒鳴られるかと思ったが、父は何とも寂しそうな表情を浮かべただけで何も言わなかった。

益岡が、道具を持って戻ってくる。おもむろにハサミを動かし始めた。

いつもは饒舌《じょうぜつ》な老人が、髪を刈っている間は何も言わないのもおかしかった。手が離せないのだから話しようがないのだ。そう考えると、知らず知らずのうちに笑みが湧いてきた。

ハサミが髪を刈っていく音しか聴こえない。その心地よい静けさに全身を浸す。

だが、そういう時に決まって、キッチンの方からその「声」がするのだ。

アー・オー・オー。

恐らく他人には分からない。だが自分にだけは分かる。母が自分を呼んでいる。

なー・おー・とー。

面倒くさいな、と思いながらも立ち上がる。

キッチンの方へ向かうと、母がこちらに向かって立っている。

荒井は手と顔を動かす。

〈何、お母さん〉

母はにっこりと笑って手を動かす。まるで生き物のように動くその手が、荒井は子供の頃大好きだった。

――明日、母に会いに行こう。

みゆきと、そう、美和を連れて。

嫁と孫がいっぺんに現れたら母は驚くだろうか。いや、驚かせてやればいい。

荒井は、ずっと考えていた。自分は、どちら側の人間なのか、と。

十七年前に、門奈輝子から向けられた問い。

それに、今なら答えられる。

私は、君の敵でも味方でもない。

君たちを理解し、君たちと同じ言葉を話す者。

聴こえない親から生まれた聴こえる子。

荒井尚人はコーダである――。

あとがき

「なぜろう者のことを書こうと思ったのですか」

本作を読んだ方からは、必ずといっていいほどこう聞かれる。確かに不思議だろう。私は身内にろう者がいるわけでも、手話を学んだことがあるわけでもない。その私がなぜこの作品を書くに至ったか、その経緯について少しお話ししたいと思う。

私はもう二十年近く、頸椎損傷《けいついそんしょう》という重い障害を負った妻と生活を共にしている。その関係で様々な障害を持つ方々と交流する機会があり、彼らと接するうちに「何らかの障害を持った人を主人公にした小説は書けないだろうか」と思うようになった。

障害を持った人を描いた小説や映画・ドラマは過去にもたくさんあるが、そのいずれも「障害者はかわいそう」「でも頑張っている」というような視点で描かれていたように思う。私は、そういうものではなく、「何らかの障害を持っている」ことは確かに特別なことではあるにせよ、それをマイナスのものでも逆に賞賛すべきことでもなく、障害を持たない人でも共感できるような種類の葛藤として描けないか、と思ったのだ。

そうして様々な障害を持った方々について調べているうちに、「ろう者」という存在、そして「日本手話」というものに出会った。（ろう者の皆さんがご自身を「障害者」とはとらえていないことを、今は承知している）

その存在について教えてくれたのは、国立障害者リハビリテーションセンター学院・手話通訳学科の教官で、NHK手話ニュースキャスターでもある木村晴美氏である。

と言っても、木村氏とは一面識もない。木村氏の著作や、現代思想編集部編の『ろう文化』という本の中で、私はそれを知った。

「手話には『日本手話』と『日本語対応手話』の二つがある」

「先天性の失聴者の多くは誇りを持って自らを『ろう者』と称する」

これは、私にとって非常に新鮮な驚きだった。と同時に、大きな感銘を受けた。こうして、世間一般にはまだあまり認知されていないはずのこの事実を小説を通してより多くの人に知ってもらいたい、と思うに至ったのだ。

しかしながら、「ろう者」や「手話」を巡る状況が日々変化していることもまた事実である。本作の手話チェックをお願いした全日本ろうあ連盟の方からは、「現在、法律で手話が『言語』として正式に認められつつある。近い将来、単なる『手話』ではなく『手話言語』と呼ばれるようになるだろう」と教えていただいた。「だから私たちは手話に種類があるとは考えない。日本語に種類がないのと同じように」とも。

もとより、手話の違いをことさら言い立てることが本作の目的ではない。言語を含め、ろう者の権利が確立されることが最も重要であると考えているのは、私も同じだ。本作が、多くの人たちにとって「聴こえない人」や「手話」を理解する「入口」になってもらえれば幸いである。多くのことをご教授いただいた全日本ろうあ連盟の皆様には深く感謝の意を表したい。また、作中に登場する冴島素子なる人物は、年齢や外見を含め私がつくったキャラクターだが、「ろう者」に関する発言など、木村晴美氏に強い影響を受けている。この場を借りて木村氏には本作を書く契機を与えてくださったことに心からお礼を申し上げたい。

もう一つ、この時期に本を出す者として、やはりあの震災について触れないわけにはいかない。震災が起きたのは、松本清張賞の最終選考に残ったという連絡を受けた数日後のことだった。浮かれていた気分はたちまち消え、この現実にどうやって向き合っていけばいいのか、と悶々とした日々を送るようになった。

そんな頃新聞に、「障害者　忘れないで」という記事が掲載された（朝日新聞二〇一一年三月二十一日）。さほど大きな扱いではなかったが、視覚や聴覚に障害を持つ人たちは、震災時やその後の混乱の中、障害を持たない人たち以上の困難があることを伝える内容だった。その後、やはり震災がらみで、大勢が共同生活をする避難所では、自閉症や発達障害の人に対しては特別のケアをしてほしい、という内容の記事も載った。

ああ、この記事を書いた記者たちはきちんと仕事をしている、と思った。「何もできない」とただ悩んでいるだけで、なすべきことから逃げている自分を恥じた。

障害を持つ人たちだけに限らず、世の中には、何か訴えたいことがあっても、大きな声を上げられない人たちが少なからずいる。そういう人々の声を、小説という形でより多くの人たちに届けられたら、と思う。

二〇一一年六月

丸山正樹

参考文献

〈ろう者関連〉

●「累犯障害者」(山本譲司・新潮文庫)
●「ぼくたちの言葉を奪わないで!〜ろう児の人権宣言〜」(全国ろう児をもつ親の会編・明石書店)
●「聞こえない親をもつ聞こえる子どもたち　ろう文化と聴文化の間に生きる人々」(ポール・プレストン・澁谷智子/井上朝日訳・現代書館)
●「日本手話とろう文化　ろう者はストレンジャー」(木村晴美・生活書院)
●「ろう者の世界　続・日本手話とろう文化」(木村晴美・生活書院)
●「コーダの世界――手話の文化と声の文化」(澁谷智子・医学書院)
●「少数言語としての手話」(斉藤くるみ・東京大学出版会)
●「ろう文化」(現代思想編集部編・青土社)

※作中の「バイリンガル派」の主張は、「全国ろう児をもつ親の会」が行った「人権救済申立」中のQ&Aを参考にし、やや表現を変え、一部引用しました。
http://www.hat.hi-ho.ne.jp/at_home/human_rights/rights2.html
※「Deaf＝ろう者」という考え方に関しては、「ろう文化」中の「Dプロ」及び木村晴美さん

の論考を参考にし、やや表現を変え、一部引用しました。

〈手話通訳関連〉

●社会福祉法人聴力障害者情報文化センター・HP
第22回手話通訳技能認定試験　実技試験（聞取り通訳試験）問題文より引用しました（12・13ページ）。

●「聴覚障害者と刑事手続　公正な手話通訳と刑事弁護のために」（松本晶行／石原茂樹／渡辺修編集・ぎょうせい）

●「手話通訳士まるごとガイド」（日本手話通訳士協会監修・ミネルヴァ書房）

●「手話と法律・裁判ハンドブック」（全国手話通訳問題研究会宮城県支部企画　田門浩監修・生活書院）

●「新・手話通訳がわかる本」（石野富志三郎監修　全国手話通訳問題研究会編集・中央法規出版）

●「ろうあ者・手話・手話通訳」（松本晶行・文理閣）

〈警察関連〉

●「犯罪捜査大百科」（長谷川公之・映人社）

●「現職警官『裏金』内部告発」（仙波敏郎・講談社）

●「日本警察と裏金　底なしの腐敗」（北海道新聞取材班編・講談社文庫）
●「警察幹部を逮捕せよ！　泥沼の裏金作り」（大谷昭宏／宮崎学／高田昌幸／佐藤一・旬報社）

〈その他〉

http://www.jyoubun-center.or.jp/（社会福祉法人聴力障害者情報文化センターＨＰ）
https://www.tokyo-shuwacenter.or.jp/（東京手話通訳等派遣センターＨＰ）
http://blue.ribbon.to/~korokan/（香聾館ＨＰ）
http://tokudama.sakura.ne.jp/kataro/bm0047.html（メールマガジン「語ろうか、手話について」２００１年12月5日発行・岡山黙秘事件について）
http://www.shohonji.biz-web.jp/menu.html（松平山正本寺ＨＰ・法話）95～97ページの「自《じ》来迎《らいこう》」については、やや表現を変え、一部引用しました。
映画「音のない世界で」（フランス／監督ニコラ・フィリベール）

創元推理文庫版あとがき

本書は、二〇一一年に文藝春秋から刊行された『デフ・ヴォイス　』の改訂文庫版である。同書はすでに『デフ・ヴォイス　法廷の手話通訳士』として文春文庫に入っており、二〇二三年十二月にはNHKにてドラマ化されるなど、長く広く読まれてきた。一方、続編以降の〈デフ・ヴォイス〉シリーズ及びそのスピンオフである〈刑事何森〉シリーズは、東京創元社から刊行されてきた。

この件について不思議に思われる方は多いだろうが、特段の事情があったわけではない。デビューして五年で著作が僅《わず》か二作、と鳴かず飛ばず状態だった私に、東京創元社の編集者が『デフ・ヴォイス』の続編を書いてみませんか」と声を掛けて下さったという成り行きである。この辺りの事情は同社から刊行した最初の作品である『龍の耳を君に　デフ・ヴォイス』（創元推理文庫）の「あとがき」に記述しているので興味がある方はご参照いただきたい。

そして今回、念願かなって第一作目の『デフ・ヴォイス』も創元推理文庫に入れてもらえることになった。いわゆる二次文庫という形態は既刊がすでに絶版になっている場合が多いらしいので、本作（文春文庫版もそのまま販売を続ける）はレアケースと言えるのかもしれない。

私だけでなく、ファンの皆さんも、シリーズ全作品を装幀・鈴木久美氏、装画・高杉千明氏のコンビによるカバーで揃えることができて、きっと喜んでくれることと思う。オファーし続けてくれた東京創元社はもちろん、こころよく許諾してくれた文藝春秋には心から感謝している。もちろん、読者の皆さんの支持があってこそ、ということも決して忘れてはいない。

今回の改訂にあたっては、物語の筋に当たる部分には手を付けていない。また、単行本の刊行からかなりの年月が経過してしまったが、設定はあくまで十二年前であるので、制度や情報についてはもちろん、人々の意識や発言について現在の視点からアップデイトすることも違うと思い、やめた。当時は文献だけを読んで書いたため、当事者しか知らない細かな事実の誤認はあったが、それらについては文春文庫に入った際や重版の度に修正している。決して文春文庫版が不完全なものではないことは改めて言っておきたい。

従って主に修正したのは、シリーズが進むにつれ、微妙に齟齬《そご》が生じてきた箇所についてだ。いくつか例を挙げれば――。

重要な脇役である何森の外見に関し、当初は「短軀《たんく》」と表現していたが、書いていくにつれ私の中でイメージが変化してきたため、「がっしりとした」だけにした。日本手話による授業が行われている学校について、文春文庫版ではフリースクール「太陽の子学園」としていたが、続編以降に登場するろう学校（特別支援学校）「恵清学園」に統一した。また、現実に行われている「聴能訓練」について誤った認識を与えてはいけないと考え、あくまで架空のものとして「聴応訓練」に変更した。他に、公費による派遣通訳について原則指名はできないことや仕事の際に飲食を共にするのは本来禁止されているなど、知りながらもフィクションとして許容範囲であると考えてきた事柄は、シリーズに合わせ本作でもその旨、補足した。

他にも、荒井の言動でいかにも若書きで気になっていた箇所についても、いくつか修正した箇所がある。この辺りはどこが違っているのか見つけ出すのを楽しんでもらえれば幸いである。

手話通訳士の実際については、二作目以降すべてのシリーズでお世話になっている知人の手話通訳士である仁木美登里・たかはしなつこの両氏に加え、今回から東京手話通訳等派遣センターの高井洋氏（高井さんはコーダでもある）にも助言を仰いだ。手話表現については、本シリーズのもう一つのスピンオフシリーズといえる児童書『水まきジイサンと図書館の王女さま』『手話だからいえること　泣いた青鬼の謎』（偕成社）で手話監修をお願いしている佐沢静枝氏に確認していただいた。

法律関係については、やはり続編以降シリーズすべてでお世話になっている弁護士の久保有希子氏にご意見を賜った。

〈デフ・ヴォイス〉シリーズの新作が出ない間も、荒井家の時間は流れており、二人の娘である美和と瞳美も成長している。新作についてはそれを書くだけ、なのだが、それが中々に苦しい。読者の皆さんには申し訳ないが、もう少しだけお待ちいただきたい。必ず、書くことをお約束する。

二〇二三年十二月

丸山正樹

解説

中江有里

「手話」とは「手で話す」と書く。

「手話を単なるジェスチャーの延長と誤解する人が多いのは、日本語を手の動きに当て嵌《は》めただけのものをイメージしているからです」

本書でそう記されているように、かつてわたしも同じ誤解をしていた。

映画でろう者を演じることになり、手話指導を受けた際、自分の認識が誤っていたことに気づかされた。そして思った。

手話は日本文化を背景に生まれたひとつの言語だ、と。

『デフ・ヴォイス』は手話通訳士・荒井尚人が主人公のヒューマンミステリ。ろう者が使う「日本手話」という言語の持つ表現力、奥深さを文章で表現した稀有な作品でもある。

手の動きをひとつひとつ言葉で描くのも意味がある。

荒井の両親の古くからの知り合いである冴島素子の手話。脳内で再現せず、文章どおりに手を動かしてみた。

「親指以外の四指を合わせた右手を、前の方から胸の方へと斜め下に引き寄せながら指先をつけ合わせた」

これは「おかえり」の手話。

離れた場所から家に帰ってくる、かつてそう習った手話。素子の手話は続く。

「両手を折り曲げ、親指以外の四指先を胸に向け、交互に上下に動かし、にっこりと笑った」

これは嬉しかったり、楽しかったりするときの手話。

つまり「帰ってきてくれて、嬉しいわ」という意味。

荒井は子どもの頃、素子の訪問を心待ちにしていた。しかし家族との距離を置くに従い、会う機会も失われた。そんな荒井が素子の元にやってきた。しかも手話通訳士として……再びの邂逅《かいこう》に対する感慨もあるのだろう。このように時に手話は、音声では表せないほど深い意味が込められる。

本書の特出した点をふたつあげてみる。

ひとつは「コーダ」という存在だ。

ろう者の親の元に生まれた聴こえる子は「コーダ」と呼ばれる。二〇二二年第九十四回アカデミー賞作品賞、脚色賞を受賞した映画『コーダ あいのうた』で知った方もいるかもしれない。「コーダ」は自らの家族の通訳を担うことも珍しくない。実際わたしの手話指導をしてくださったろう者の先生の子どもは「コーダ」だった。彼は当時三歳にして両親の通訳をしていた。小さな両手を大きく素早く動かす姿はかわいらしく、今も忘れられない。

「コーダ」である荒井尚人も子どもの頃から家族の通訳をしている。荒井は家族の用件や要望を聴者に伝えているが、息子である荒井の本心は家族に伝わっていない。

「『聴こえる』自分のことを両親は、分からなかった。そして自分も、『聴こえない』両親の、兄のことを、本当に分かることはなかったのだ」

荒井の孤独を、言葉にするのは難しい。

両親は「聴こえる」弟を「聴こえない」兄ほどに心配することはなく、むしろ弟を頼りにするのが自然だった。転んで泣いても親に気づかれない子ども時代のエピソードがあるが、子どもが転んで泣くのは痛いからだけじゃない。痛がっている自分を親に庇護してほしいのだ。甘えたいのだ。それは絶対に叶わないから荒井は泣かなくなった。甘えられない子どもになった。

こうして荒井は「聴こえる」ゆえに家族内でも孤立していく。

人は自分の属性、居場所、存在意義……これらを成長過程で探しているのだと思う。つまり普遍的な実存の問題ともいえる。

普段「聴こえる」ことを意識しないわたしは本書を読むまで「コーダ」の立場に思いをはせたことがなかった。小さな手で手話通訳をしていたあの「コーダ」の子どもを健気《けなげ》ないい子だと思い出すだけで、彼の本当の心を知ろうともしなかった。

荒井は、透明な殻に包まれた卵のようだ。硬くて薄い殻は壊れやすく、丸く角のない殻は平らな場所で転がり続ける。それでも懸命に割れないようにして生きている。

改めて本書のメインストーリーに立ち返る。荒井が警察事務職員として勤務していた時代に手話通訳した、殺人事件の犯人であるろう者・門奈哲郎が十七年後、再び別の殺人事件の容疑者として浮上したことから物語は動き始める。

はたして門奈は再び罪を犯したのか？　そして消えた門奈の娘の行方は？　過去の自分に突き動かされるように荒井は事件の解明に没頭する。それは「コーダ」である自分の宿命とでもいうように。

もうひとつの特出した点として、サイドストーリーともいえる菅原吾朗の物語に触れたい。民家へ侵入し、窃盗未遂の罪で起訴された菅原の法廷通訳を荒井は担う。

菅原を担当する国選弁護人の言葉を荒井は通訳するが、菅原の様子から自分の手話が十分に伝わっていないと感じる。一体なぜなのか、荒井は菅原に手で問いかける。

手話にはいくつかの種類があり、ろう者が使う「日本手話」、中途失聴者や聴者が習得することが多い「日本語対応手話」、手話ではないが口の動きを読み取る「聴覚口話法」もある。ろう者の手話による会話を見ていると、驚くほど表情が豊かだ。「手話」は「手で話す」と書くが、手先だけでなく手振りも含めて上半身を使う躍動的な言語だ。

余談だが以前聞いた話だと、手話の方言もあるという。人によって早口な手話もあれば、おっとりとした手話もあって人柄があらわれる。音声日本語と同様に個性も多彩だ。

六十三歳の菅原は、これまで体系立った手話の習得をせず「ホームサイン」という家庭内や近隣の集落だけで通用する限られた手話で過ごしてきたので、それ以外の手話――「黙秘権」が伝わらない。言葉を知らなければその概念もわからない。荒井はそのことに気づいた。これでは裁判を進めることはできない。

ある物事や事象があったとして、それを知るにはとりあえず言葉を当て嵌める。こうして概念は言葉に変換され、他者同士で概念が共有される。これは手話に限った話ではない。


荒井が菅原の事情を察したのは、彼が「コーダ」だからだろう。ろう者ではないけれど、ろう者を取り巻く環境、文化を身近で見つめてきた人だ。

そこでわかるのは、耳が聞こえない世界は「一つ」ではないということ。

先ほど荒井を不安定な卵に例えたが、菅原のように日本手話を使えないろう者も、日本語対応手話を使う中途失聴者、難聴者もそれぞれに違う卵だ。

卵はちょっとした衝撃で割れてしまう。誰もがそのことを知っていて、自分の卵を守る手段として仲間同士の世界を構築する。同じ事情を抱えた他者なら、何も言わなくてもわかってくれるから。

そして「聴こえる」荒井も、ひとりきりの世界をつくって己を守っているのだ。

ところが卵自らが世界を飛び出す時がある。

誰かを守るために自らをなげうつ――そんな尊い思いが事件の発端にはあったのだ。

本書は二〇二三年末、草薙剛《くさなぎつよし》主演でドラマ化された。ドラマに登場するほとんどのろう者は、ろう者の俳優をキャスティングしたという。わたしもドラマを視聴したが、どの方が実際のろう者だとかそうでないとか、そんなことは頭から消えて没頭して観た。

そしてかつてろう者を演じた記憶がよみがえる。

撮影現場では、スタッフや制作側が一日に何度も確認や伝達をする言葉が飛び交うが、その声が届かない人が一人いた。

「お昼の時間です」「〇〇さんからの差し入れです」「午後のスケジュール変更です」

わたしはあの「コーダ」の子のように、自然とスタッフの言葉を手話指導のろう者の先生に伝えた。適当な手話がわからない時は口話や指文字を使って。先生は右手のひらを胸のあたりに置き、微笑《ほほえ》んで頷く。「わかるよ」と。

撮影現場に聴者がいて、ろう者がいる。どんな世界であれ、同じものを作ろうとする仲間が集結し、足りないところをカバーし合う。演じるために学んだ手話が、ちょっとしたことで孤立し、分断されてしまう世界を結ぶことを知った。

荒井の「コーダ」としての孤独を再び思い返す。通訳は別の言語圏とつながろうとする時、不可欠な役割だ。

「コーダ」はろう者と聴者の世界の両方に交わるが、「コーダ」の孤独は家族の一員でありながら「聴こえる」ゆえに生じる。だがろう者の良き理解者で、他にない類を見ない存在。

自らの殻が割れないよう、他者と交わることを恐れるかのようだった荒井。彼を受け止める柔らかな着地点はすぐそばにあった。

社会には多くの分断があり、個々のコミュニティがあり、各々の世界がある。そこでは小さな声が発せられている。その声を掬《すく》うのが小説。

本書のタイトルに「ヴォイス」とあるが、これはろう者の声だけじゃない。きっと多くの小さな声を代弁している。

本書は二〇一一年文藝春秋より刊行され、二〇一五年文春文庫に収録された作品です。

著者紹介　1961年東京都生まれ。早稲田大学卒。松本清張賞に投じた『デフ・ヴォイス』（後に『デフ・ヴォイス　法廷の手話通訳士』に改題）でデビュー。同作は書評サイト「読書メーター」で大きく話題となり、2023年にはテレビドラマ化され好評を博した。

検印
廃止

デフ・ヴォイス

2024年2月16日　初版

著者　丸《まる》　山《やま》　正《まさ》　樹《き》

発行所（株）東京創元社
代表者　渋谷健太郎

162-0814/東京都新宿区新小川町1-5
電話　03・3268・8231-営業部
　　　03・3268・8204-編集部
URL　http://www.tsogen.co.jp
暁印刷・本間製本

ISBN978-4-488-42224-0　C0193

〈デフ・ヴォイス〉シリーズ第3弾

DEAF VOICE 3◆Maruyama Masaki

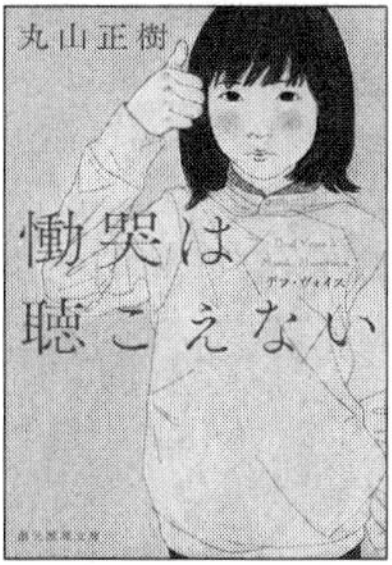

慟哭は聴こえない

デフ・ヴォイス

丸山正樹

創元推理文庫

◆

旧知のNPO法人から、荒井に民事裁判の法廷通訳をしてほしいという依頼が舞い込む。
原告はろう者の女性で、勤め先を「雇用差別」で訴えているという。
荒井の脳裏には警察時代の苦い記憶が蘇りつつも、冷静に務めを果たそうとするのだが――（「法廷のさざめき」）。

コーダである手話通訳士・荒井尚人が関わる四つの事件を描く、温かいまなざしに満ちたシリーズ第三弾。

収録作品＝慟哭は聴こえない，クール・サイレント，静かな男，法廷のさざめき

〈デフ・ヴォイス〉スピンオフ

DETECTIVE IZUMORI◆Maruyama Masaki

刑事何森
孤高の相貌

丸山正樹

創元推理文庫

◆

埼玉県警の何森《いずもり》稔《みのる》は、昔気質の一匹狼の刑事である。
有能だが、所轄署をたらいまわしにされていた。
久喜署に所属していた2007年のある日、
何森は深夜に発生した殺人事件の捜査に加わる。
障害のある娘と二人暮らしの母親が、
二階の部屋で何者かに殺害された事件だ。
二階へ上がれない娘は大きな物音を聞いて怖くなり、
ケースワーカーを呼んで通報してもらったのだという。
捜査本部の方針に疑問を持った何森は、
ひとり独自の捜査を始める――。
〈デフ・ヴォイス〉シリーズ随一の人気キャラクター・
何森刑事が活躍する、三編収録の連作ミステリ。

収録作品＝二階の死体，灰色でなく，ロスト

〈デフ・ヴォイス〉スピンオフ②

DETECTIVE IZUMORI 2◆Maruyama Masaki

刑事何森
逃走の行先

丸山正樹

四六判上製

◆

優秀な刑事ながらも組織に迎合しない性格から、
上から疎まれつつ地道な捜査を続ける埼玉県警の何森《いずもり》稔《みのる》。
翌年春の定年を控えたある日、
ベトナム人技能実習生が会社の上司を刺して
姿をくらました事件を担当することになる。
実習生の行方はようとして摑めず、
捜査は暗礁に乗り上げた。
何森は相棒の荒井みゆきとともに、
被害者の同僚から重要な情報を聞き出し——。
技能実習生の妊娠や非正規滞在外国人の仮放免、
コロナ禍による失業と貧困化などを題材に、
罪を犯さざるを得なかった女性たちを描いた全３編を収録。

収録作品＝逃女《とうじょ》，永遠《エターナル》，小火《しょうび》

英国ミステリの真髄

BUFFET FOR UNWELCOME GUESTS◆Christianna Brand

招かれざる客たちのビュッフェ

クリスチアナ・ブランド

深町眞理子 他訳 創元推理文庫

◆

ブランドご自慢のビュッフェへようこそ。
芳醇なコックリル印《ブランド》のカクテルは、
本場のコンテストで一席となった「婚姻飛翔」など、
めまいと紛う酔い心地が魅力です。
アントレには、独特の調理《レシピ》による歯ごたえ充分の品々。
ことに「ジェミニー・クリケット事件」は逸品との評判
を得ております。食後のコーヒーをご所望とあれば……
いずれも稀代の料理長《シエフ》が存分に腕をふるった名品揃い。
心ゆくまでご賞味くださいませ。

収録作品＝事件のあとに，血兄弟，婚姻飛翔，カップの中の毒，
ジェミニー・クリケット事件，スケープゴート，
もう山査子摘みもおしまい，スコットランドの姪，ジャケット，
メリーゴーラウンド，目撃，バルコニーからの眺め，
この家に祝福あれ，ごくふつうの男，囁き，神の御業